えぞぎんぎつね
ill. 三登いつき
変な竜と元勇者パーティー雑用係、
新大陸でのんびり
スローライフ

新大陸に向けて船を走らせていると
大きな生き物が船と並走し始めた。

あの生き物はなんだろう？
カバ……にも見えますね。
すごい……絶対新種だ。

なるほど。見違えたな？
ああ、そうだろう。
ざわめきを聞いて風呂場に向かうと、
そこには身ぎれいになったフィオがいた。

わふぅ。
似合ってるかな?

ヴィクトル
テオを新大陸に誘った
ギルドのマスター。
テオドール
元勇者パーティー雑用係。
引退後に新大陸へ向かう。

ヒッポリアス
テオにテイムされ
眷属になった竜の子供。
魔白狼の子ども
フィオ
狼に育てられた
獣人族の少女。
ケリー
生物全般に
造詣が深い学者。

CONTENTS

Hennaryu to moto yuusha party zatsuyougakari
shintairiku de nonbiri slowlife

変な竜と元勇者パーティー雑用係、
新大陸でのんびり
スローライフ
えぞぎんぎつね
ill. 三登いつき

1 何でも屋テオは早く隠居したい

Hennaryu to moto yuusha party zatsuyougakari shintairiku de nonbiri slowlife

二十年前。古《いにしえ》より人族の大陸と魔族の大陸を隔てていた「神の障壁《しょうへき》」が消え去った。
障壁消失の理由は諸説あるが、未《いま》だ不明。
障壁が消えたあと、人族と魔族との間で戦争が起こった。
その戦いは十年続き、最終的に勇者が魔王を死闘の末に撃破し終結した。
戦後、人族と魔族は和解し、勇者パーティーも解散し平和な世界になったのだった。
……めでたしめでたし。

◇◇◇

その十年後。
勇者パーティーの雑用係だった俺《おれ》、テオドールは冒険者を続けていた。
だが、もう冒険と呼べるような冒険はできていない。
世界は実に平穏だった。
ギルドに持ち込まれる依頼もどんどん少なくなっている。

実入りのいい依頼も当然少なくなる。

そうなると俺としてはあまり依頼を受けるわけにもいかない。

俺は働かなくても魔王討伐《とうばつ》の功績で年金がもらえるのだ。

ならば金に困っている若者と依頼を取り合うのも心苦しい。

若者に依頼を譲るのが大人というものだろう。

そうなると俺はギルドに預けている金がどんどん増えていくのを眺めて過ごすだけ。

魔王討伐の年金はそのぐらい高額なのだ。

生活には困ってないが、生産的な暮らしとは、とてもじゃないが言えない。


だから、夏の日の昼下がり。

「そろそろ、隠居《いんきょ》しようと思う」

俺は、いつもお世話になっている王都冒険者ギルドのギルドマスターに切り出した。

「ええ？　御冗談でしょう？　何でも屋のテオとまで言われたあなたが引退ですか？」

ギルドマスターが驚いて、身を乗り出す。

「冗談なんかじゃないさ。冒険者の仕事自体が少なくなっているだろう？」

「それは否定《ひてい》できませんが……」

平和になり街道が整備された。

皆が豊かになり、街の防備もかたくなっている。

おかげで、魔獣の被害もどんどん減った。

そして豊かになったことで、野盗の類《たぐい》も減った。

仕事が少なくなった冒険者は迷宮探索に精を出している。

その結果、この世界の未探索領域は急速に減っているのだ。

「おかげさまでお金に困っていない。若手と仕事を取り合うのもな」

「うーん。でも、テオさんもまだ若いですよ？」

「十歳からずっと命のやり取りをしてきたんだ。疲れてしまったんだよ」

「そう言われると、引き留めにくいじゃないですか……」

ギルドマスターは困ったような表情を浮かべた。


俺が冒険者になったのは、流行《はや》り病で両親が死んだ十歳の時。

冒険者といっても、十歳の子供にできることなどあまりない。荷物運びが精々《せいぜい》だった。

だが、鑑定スキル、製作スキル、テイムスキルに覚醒《かくせい》し、重宝がられるようになったのだ。

そして十五年前。俺が二十歳になったとき、勇者パーティーに参加した。

勇者パーティーでの日々は過酷だった。

仲間とともに、死闘を繰り広げる日々を過ごした。

誰《だれ》が死んでもおかしくなかった。いまも全員生きているのは奇跡だ。心底そう思う。

そして紆余曲折《うよきょくせつ》あって、平和になった。

その功績で、俺は充分な報奨金をもらったのだ。

そんな昔のことを思い出していると、ギルドマスターが尋ねてくる。

「それでテオさんは引退された後、どうされるんですか?」

「適当な田舎《いなか》に農園でも買って、ゆっくり過ごすさ」

農園をポンと買えるぐらい充分な額の貯金はある。

「農業は農業で大変ですよ? 考え直した方が……」

「それは知ってる。元々農村出身だからな」

「……そうでしたか。それならまぁ」

ギルドマスターは少し思案した後、笑顔で言った。

「そうだ! テオさん。新大陸の調査事業に参加されてはどうでしょう?」

「……新大陸か」

魔族の大陸の向こう側。海を渡って数十日進んだ先に大きな大陸がある。

それを俺たちは新大陸と呼んでいる。

ただ、発見というのは少し語弊がある。魔族たちは知っていたのだから。

あくまでも人族が新大陸の存在を知ったのが最近というだけの話である。

新大陸への植民を進める計画があるという噂《うわさ》は、俺も聞いたことがあった。

それに先立ち、調査を行う人員を求めているようだ。

ギルドマスターが言うには、調査し、可能であれば開拓もしてほしいとのこと。

「もちろん、開拓した畑は自分のものになりますよ」

「ふむ？　それは魅力的ではあるが……」

「新大陸は何があるかわかりませんから。腕の立つ人が必要なんですよ」

こちらでは減少している冒険者の需要が、新大陸にはあるようだ。

必要とされるのは悪い気はしない。

俺もまだ三十五歳。隠居には少し早いのも確かだ。

「そうだな。隠居の前に新大陸で働いてみるか」

「そうしていただけると、冒険者ギルドとしてもすごく助かりますよ」

そんな会話を経て、俺は新大陸に行くことに決めたのだった。

2 送別会

新大陸に行くことを決めた日から俺《おれ》は素早く動いた。

仲間である勇者たちに伝えて、引っ越す準備をする。

新大陸は遠い。

陸路と海路合わせて十数日かけて魔族領の港へ行き、そこからさらに数十日の海路だ。

陸路はともかく船旅には大荷物は持っていけない。

だが、俺は元々私物が少ない。

それに、勇者パーティーの荷物持ちだった俺は大量に物が入る「魔法の鞄《マジック・バッグ》」を持っている。

余裕のある「魔法の鞄」には水や薬、食料などを詰め込んでおくことにした。

船が遭難した時の備えである。

新大陸でも何があるかわからない。色々用意しておくに越したことはない。


王都から出発する前日、勇者たちは送別会を開いてくれた。

みな忙しいというのに、わざわざ集まってくれたのだ。とてもありがたい。

送別会が始まると戦士が言う。

「テオが新大陸に行ってしまうのか。寂《さび》しくなるな」

戦士は長身かつ筋肉量がすごい。横幅が二人分ぐらいある。

そんな戦士が俺の肩をバシバシ叩《たた》いてきた。

「痛い痛い。本当に馬鹿力《ばかぢから》だな」

「おお、すまねーな」

戦士は見た目の印象通り、性格も豪放磊落《ごうほうらいらく》なのだ。

その様子を魔導師が真剣な表情でじっと見ていた。

「……テオがいなくなると、今後が不安」

いつも小柄で無口な魔導師が、ぼそりとつぶやくように言う。

「そんなことはないだろう。平和だし」

「……今平和でも将来はわからない」

「もし何かあっても、みんながいるから大丈夫だろう。俺はただの荷物持ちだぞ」

「……ナイスジョーク。テオは面白《おもしろ》い」

魔導師はクスリともせず無表情で、言葉だけで面白いなどと言う。

付き合いは長いのだが、魔導師の笑っているところを見たことはほとんどない。

「うんうん。テオがいなければ、ぼくたちは何度全滅してたかわからないよ」

勇者まで大真面目《おおまじめ》にそんなことを言いはじめた。

「そんなことないだろう。みんなの方がずっと強い」

「異種族との折衝《せっしょう》、未知の経路のナビゲート、装備の手入れ。テオの役割は大きいですよ」

治癒術師《ちゆじゅつし》もそんなことを言ってくれる。お世辞《せじ》でも嬉《うれ》しい。

「うんうん。魔王と和解できたのも、テオの交渉力のおかげだよ」

「……竜と争わずに済んだのも大きい」

魔王はともかく、竜と争わずに済んだのは、俺のテイムスキルの効果だ。

完全にテイムできなくとも、高度な魔物とならば意思疎通ができる。

その技能でなるべく強敵とは争わず戦力を温存できたというのはあるだろう。

それに関しては自分でも、頑張《がんば》ったと思う。

「ぼくもテオと一緒に新大陸いこうかなー」

「勇者の業務があるだろう？」

勇者だけではなく、戦士も魔導師も治癒術師も忙しくしている。

みな実力者ゆえに引く手数多《あまた》なのだ。

「忙しいのは忙しいけど、別にぼくじゃなくてもいい仕事ばかりだしー」

「そんなことはないだろう？」

「そんなことあるよ……」

そこからは勇者の愚痴《ぐち》が始まった。

愚痴をまとめると、勇者としての肩書を求められているだけで能力は求められていない。

「ぼくそっくりの人がいたら、その人でもできることしかやってないよ！」

貴族のパーティーに呼ばれたり、何かの会の名誉総裁に就任したりとか。

そういう華やかな仕事ばかりらしい。

「ぼくは剣を振りたいの！」

勇者は、自分しか勝てない強大な魔物と戦ったりとかしたいのだろう。

気持ちはわからなくもない。

「……我慢」

「民は勇者の姿を見て安心しているというのもありますから」

魔導師と治癒術師が勇者をなだめる。

「わかる、わかるぞ！」

戦士は勇者の肩をバシバシ叩いた。

「わかる？」

「うむ。まあ俺は騎士団に稽古《けいこ》つけたり魔物退治したり剣振ってばっかりだがな！」

「え？　なんで？　ずるい！」

「ただの戦士より勇者の方が、やっぱりパッと見価値があるんじゃねーの？」

「ずるい！」

「がははははは！」

どうやら戦士は勇者をからかっているらしい。

俺は鼻息荒く怒っている勇者をなだめることにした。

「勇者の業務に疲れて、もう限界となったら、新大陸に来ればいいさ」

「いいの？」

「ま。すぐには無理だろうが、いつか疲れたらな」

「うん！」

そんなふうに送別会の夜は更《ふ》けていった。

そして次の日、俺は王都から出立したのだった。

3 魔族の港町

新大陸へ行くには、まず魔族の大陸へと行かねばならない。

人族の住む大陸、魔族の住む大陸。そして新大陸。

この三つの大陸が俺《おれ》たちの知っている大陸の全てである。

人族の大陸を移動している間は平穏そのものだった。

人族の大陸から魔族の大陸への移動は帆船《はんせん》で数時間ほどの海路である。

魔族大陸への渡航は無事《ぶじ》天気に恵まれ、平穏だった。

魔族の大陸では乗合馬車で移動する。当然、乗客のほとんどは魔族だ。

「おじたん、これたべる？」

「お、くれるのかい？」

「あい！」

馬車に同乗していた可愛《かわい》い魔族の子供がお菓子《かし》をくれた。

魔族大陸の方も平和そのものだった。

とても嬉《うれ》しく思うと同時に、冒険者の役割が終わりかけているのだなと思う。

ほんの少しだけ寂《さび》しく感じた。

王都を発《た》ってから十数日後、新大陸に一番近いというカリアリの町へと到着する。

そこは小さな港町だった。いや、港町というより漁村である。

カリアリに入ると、屈強な魔族の男に声をかけられた。

「お、人族だな。お前も新大陸とやらに行くのか？」

「その予定だ」

「そうか。人族は根性《こんじょう》があるなぁ。あんな遠くによく行くよ」

魔族の男はカリアリの漁師とのことだった。

漁師たちも新大陸の存在は知っている。

だが、わざわざ行こうとは思わないらしい。

「魚ならこの辺《あた》りで沢山《たくさん》捕れるし、危険を冒《おか》す必要はないだろう？」

わざわざ数十日もかけ、命の危険を冒してまで新大陸に行く必要はない。

そう心の底から思っているようだ。

「人族は好奇心が強いんだ」

「大したもんだなあ」

漁師は、感心したようにうんうんと頷《うなず》いていた。

一般的なイメージと異なり、魔族には領土的野心が少ない。

だが、強さを重視するので戦いたがる傾向はある。

魔族が攻め込む理由は、「力比べ」に近い。

攻め込まれた側としてはいい迷惑だが、領土を目的とした侵略ではないのだ。

魔族に比べて人族は領土的野心が大きい。

攻められると人族としては、魔族も領土を目当てに侵略してきたと誤解する。

それゆえに、こじれにこじれる。

魔王討伐《とうばつ》の後に和解できたのは、そういう魔族の文化、性格の理解による。

魔族の文化と性格を理解した勇者パーティーが「力比べ」に勝利し和解に持ち込んだのだ。


そんな魔族の文化と性格を知っている俺には漁師の男の態度も理解できる。

恐らく自分の力を試すために新大陸に向かうと誤解しているのだろう。

一般的な魔族としては実際にそこに強者がいるとはっきりするまで向かう気にはならないのだ。

「お前さんたちの無事を祈っているよ」

「ああ、ありがとう」

漁師と別れて、俺は波止場《はとば》の方へと向かう。

恐らく俺が乗るのであろう大きめの帆船が沖に停泊していた。

普段、漁船しかとまらない波止場なので、大きな帆船は接岸できないのだ。

俺が帆船を眺めていると、

「テオさん、待ってましたよ」

俺に新大陸行きをすすめた王都冒険者ギルドのギルドマスターから声をかけられた。

「……ギルマス？　なんでここに？」

「私も新大陸に行くんですよ」

「左遷《させん》されたのか？　大変だな」

「違いますよ！　自分で希望したんです」

詳しく聞くと、調査団の団長に立候補したのだという。

むしろ調査団の計画を立ち上げて進めたのがギルドマスターだったとのこと。

「テオさんに参加していただくことができて、本当にありがたいですよ」

「そう言ってもらえると、頑張りがいがある」

ギルマスは、七十歳を超えているドワーフだ。

ドワーフは、人族より長命で老化が遅い。

それでも、七十歳はもう若くはない。だというのに根性がある。

「テオさんにだけ危険な目に遭《あ》わせるわけにはいきませんからね」

「……本当のところは？」

「子供どころか、孫まで大きくなりましたし。私も好きに冒険したくなったんですよ」

「そういうものなのか」

孫どころか子供もいない俺にはよくわからない。

「はい。そういうものですよ。それと今はギルマスではないのでヴィクトルと呼んでください」

「じゃあ、ヴィクトル。改めて今後ともよろしく」

「はい。テオさん。よろしくお願いいたしますね」


ヴィクトルは、王都の冒険者ギルドのギルマスだった。

王都の冒険者ギルドは、沢山あるギルドの中でも特別だ。

そのギルマスともなると、冒険者ギルド全体の最高幹部の一人と言っていい。

その上、ヴィクトルは生まれつきの貴族である。

だというのに、一介の冒険者にもギルド職員にも偉そうにしない。

誰《だれ》に対しても、口調がとても丁寧《ていねい》で低姿勢。

だが、「竜殺し」の称号を持ち、「血風のヴィクトル」と畏《おそ》れられた戦士でもある。

それを皆知っているから、荒くれぞろいの冒険者の誰もヴィクトルを舐《な》めたりはしない。

「私もまだまだ若い者には負けませんよ」

そう言って、ヴィクトルは自慢の長いひげを撫《な》でる。

ヴィクトルが今でも超一流の戦力なのは間違いない。

「頼りにしているさ」

「はい。私もテオさんを頼りにしてますよ」

ヴィクトルはにっこりと笑う。

その後、ヴィクトルに調査団のメンバーを紹介してもらった。

Bランクの冒険者十五名。若手の優秀な学者三名。

それに俺と調査団長ヴィクトルを加えた計二十名だ。

Bランクというのは一流冒険者のランクである。

Aは超一流、Sは勇者やその仲間たちに与えられる例外的な規格外のランクである。

ちなみにヴィクトルはAランク、俺は勇者の仲間だったのでSランクだ。

調査団に参加した冒険者たちの種族は様々だった。

俺と同じただの人族に、ドワーフ、エルフに、魔族までいた。

三名の学者はそれぞれ地質学者、気候学者、魔物学者とのことだ。

「本当は職人さんたちも連れていきたいんですけど……、まだ早いですから」

調査の結果、人族の居住に適しているとなれば職人を連れてくる計画のようだ。

「それまでは、テオさんの製作スキルに頼らせてもらうかもしれません」

「ああ、俺にできることは、全部させてもらうさ」

俺がそう言うと、ヴィクトルはにこりと優《やさ》し気《げ》に笑った。

俺は気になったことを尋ねる。

「そういえば、船乗りはどうするんだ?」

「他に専業の船員を用意する余裕がないので……」

どうやら、調査団の冒険者たちは船乗りでもあるらしい。

食料も水も専業の船乗りを乗せるだけの余裕がないようだ。

船長を務めるのもヴィクトルだ。

「魔法の鞄《マジック・バッグ》はありますが……限界はありますからね」

調査団が持っていく魔法の鞄はギルドから貸し出されたものと俺の持つ二つだけ。

魔法の鞄はとても高価なだけでなく、珍しいもの。

一つだけとはいえ、魔法の鞄を貸し出したことからもギルドの本気がわかるというものである。

調査団の皆に俺が自己紹介しようとすると、

「知っているさ。かの有名な、『何でも屋のテオ』だろう？」

「待っていた。あんたがいるなら、心強いよ」

皆から好意的に迎えてもらえた。ありがたい話だ。

調査団が新大陸へ向けて出発したのは、さらに三日後のことだった。

4 凪の海と海カバ

新大陸への海路、その三分の二ほどの間は、ちょうどいい風が吹いていた。
魔物にも、嵐《あらし》にも遭遇《そうぐう》することはなく、順調に進むことができた。
「我らのことを神は祝福されているのですね。感謝しましょう」
司祭でもある治癒術師《ちゆじゅつし》がそんなことを言う。
すると、冒険者たちが祈りを捧《ささ》げはじめた。
いつも死と隣り合わせの冒険者には信心深い者が多いのだ。
ヴィクトルまで祈りを捧げている。
俺《おれ》はさほど信心深くないのだが、冒険者の仲間として形だけ祈りを捧げておいた。
そんな俺たちの様子を学者たちは興味深そうに眺めていた。
調査団の学者たちには信心深い者はいないのだろう。

だが、次の日。
まったくの無風になった。船足も完全に止まってしまった。
気候学者に尋ねてみたら、しばらく無風が続く可能性があるとのことだ。

さっそくヴィクトルが俺のもとに相談にきた。

「テオさん。真水製造装置みたいなものって、製作スキルで作れませんか？」

ヴィクトルは長い間ここで足止めされることを覚悟したのだろう。

「俺の製作スキルでは、複雑なものを作るのは難しいんだ」

真水を作るならば、ろ過装置などを作りたいところだ。

だが、水に溶けた塩をろ過するのは難しい。

目に見えないほど非常に細かな穴の開いたろ過膜《かまく》が必要だ。

それに海水に圧力をかける機構も必要だろう。

そんなことを説明すると、

「それはもう魔道具の域ですね」

「ああ。俺にも魔道具を作るのは簡単ではない。特殊な材料も沢山《たくさん》必要だし」

「そうですよね。わかります」

「魔道具ではない蒸留装置なら構造が簡単だから作れるが、燃料がいる」

「燃料は魔導師に頼んで炎の魔法を行使してもらいましょう」

「それならいけるか」

「是非《ぜひ》お願いします」

ヴィクトルは真剣な表情だ。

「だがな、ヴィクトル。飲み水はあまり心配しなくてもいい」

「といいますと？」

「製作スキルで飲み水を作ることは可能だ」

「そうなのですか？」

「ああ。正確には海水を素材にして塩の何かを製作するんだ」

「……その製作の結果として塩が取り除かれた水が残されるっていうことですか？」

「そういうことだ」

樽《たる》か何かの容器に海水を入れて、鑑定スキルで組成を調べ製作スキルをかけていくだけでいい。

真水製造の手順について、俺とヴィクトルが相談をしていると、

「ひぃ。海になんかいる！」

見張りをしていた冒険者の一人が悲鳴を上げた。

俺とヴィクトルは相談を中断してそちらに向かう。

「ヴィ、ヴィクトルの旦那《だんな》！　あれだよあれ。変なのがいるだろう？」

右舷《うげん》から五十メトルほど離れた海面を大きな生物がぐるぐると周回しながら泳いでいた。

しかも徐々《じょじょ》にこちらに近づいてきている。

「……ケリー！　こっちに来てください、魔物です」

ヴィクトルが魔物学者のケリーを呼んだ。

ケリーは若いが、王都の賢者の学院で博士号をとった才媛らしい。

走ってきたケリーは真剣な表情で魔物を見る。

「……なにあれ」

一言そうつぶやくと、観察しはじめた。

十数秒観察した後、ケリーが興奮気味に言う。

「形状は川の周りにいるカバだ。だが、こんなに大きい奴《やつ》は発見されてないな！」

カバは熊のように大きい、川の近くにいる陸生生物だ。

だが、今目の前にいる魔物は、熊どころではない。こちらの船の半分ぐらいある。

そして、カバと比べて尻尾《しっぽ》はとても太くて長い。尻尾を動かして推進力を得るのだろう。

「すごい。絶対新種だ」

そう言ってケリーはノートを取り出して、スケッチを始めた。

とても学者らしい態度だ。新発見に興奮しているのだろう。

ケリーの気持ちはわからなくもない。

俺たちは基本的に外洋に出ることがほとんどない。

だから、この辺《あた》りは新種の宝庫なのだろう。

魔物学者にとっては楽園のような場所である。

だが、冒険者としてはそうはいかない。

カバのような魔物から、船を守らねばならないのだ。

続々と冒険者たちが、新種のカバが見える右舷に集まってくる。

集まりすぎると、船が傾く。

「みなさん、まだ集まらなくても大丈夫ですよ」

ヴィクトルが冒険者たちに指示を出す。

前衛と後衛に分けて、船の重量バランスも考えて配置しなおしていった。

「指示するまで攻撃をしかけることは絶対にやめてくださいね」

「「おう」」

そして、ヴィクトルは俺の横に来た。

「さて、並走しているカバの性格はどうでしょうか……。テオさんはどう思います？」

「凶暴でなければいいな。俺たちの知っているカバは結構凶暴だが」

カバが船の近くを泳いでいる理由はいくつか考えられる。

単なる好奇心、捕食のために隙《すき》を伺《うかが》っている、こちらが縄張りを侵したなどなどだ。

カバが何をしたいのか、しっかりと見極《みきわ》めなければなるまい。

「きゅううううきゅうううう」

「お、海カバが鳴き始めたな！　仲間を呼んでるのか？　群れで暮らす種族か？」

どうやらケリーは、魔物を海カバと名付けたようだ。

新種なので、学者であるケリーが好きに命名すればいいと俺は思う。

「近づくのをやめませんね」

もう海カバとの距離は、二十メトルほどしかない。

歴戦の戦士であるヴィクトルですら緊張気味だ。他の冒険者も緊張している。

船の上で戦うのは避けたい。

大きな身体で船に体当たりされたら、沈没の危機である。

「なるほど耳の形状も普通のカバに似てるな」

だが、ケリーだけは嬉《うれ》しそうだ。学者だから仕方がない。

ケリーはこれでいいとして、冒険者たちが緊張しすぎたらいいことはない。

皆一流の冒険者だから大丈夫だとは思うが、怯《おび》えて攻撃を開始したら困る。

「ヴィクトル。少し俺に任せてくれないか」

「それは、かまいませんが……。どうするのです？」

「テイムを試みる」

海カバをテイムできれば、船を曳《ひ》いてもらえるかもしれない。

テイムできなくても、意思の疎通ができれば、争いを回避できる可能性が高くなる。

試みて損はない。

俺は海カバに向けて手をかざし、テイムスキルを発動させた。

「海カバ。どうしたんだ？」

そうしながら、俺は海カバに呼びかける。

すると、

『…………？』

海カバの言語化されていない意思が伝わってくる。

海カバはこちらに興味を持っているということが俺にはわかった。

敵意は感じない。さほどお腹《なか》もすいていなさそうだ。

俺はテイムスキルの強度を徐々に上げながら、海カバに語りかける。

「俺たちはお前に危害を加えるつもりはないよ」

『……ソッカー』

魔物にこちらの言葉を理解させ、魔物の意思を言語化する。

それが俺のテイムスキルの真骨頂《しんこっちょう》だ。

テイムスキルの使い手は他にもいるが、世界でもこれができるのは俺ぐらいだ。

勇者パーティーの一員というのは伊達《だて》ではないのである。

それにしても、俺たちに害意がないことを教えたのだが、海カバはそのことには特に興味はないらしい。

この辺りで最強だから、怖いもの知らずなのかもしれない。

「お前は俺たちに近づいてきて何がしたいんだ？」

『オモシロソウダカラミニキタ』

どうやら海カバは好奇心の強い種族のようだ。

「そっか。お前とは仲良くできそうだな」

『ウン』

ずっとそばで俺の言葉を聞いていただろうが、俺はヴィクトルに改めて報告する。

「海カバは温厚《おんこう》で好奇心旺盛《おうせい》な性格のようだ。興味を持って近づいてきただけらしい」

「争いは回避できたと考えてよいのですか？」

ヴィクトルは大きな声で尋ねてくる。

俺の近くで、俺の言葉を聞いていたヴィクトル自身は状況を把握《はあく》している。

だから、これは冒険者たちに聞かせるための問いだ。

「ああ。安心してくれ。争いは回避できた」

俺はみんなに聞こえるように大きな声で返答した。

俺とヴィクトルのやりとりを聞いて、冒険者たちもほっとしたようだ。

「テオさん、海カバに聞きたいことがある！　聞いてくれ！」

「ケリー落ち着け、また後でな」

ケリーをあしらっていると、ヴィクトルが尋ねてくる。

「テオさん。海カバをテイムして、船を曳いてもらったりすることは可能でしょうか？」

「向こう次第だな」

テイムには段階がある。

第一段階は意思の疎通。いま海カバ相手にやっていることだ。

第二段階は対等な協力関係。対価を払って、協力してもらう関係だ。

第三段階が魔物の従魔化である。

具体的には魔術回路をつなげて、魔物を支配下に置き、俺の眷属《けんぞく》とするということだ。

第一段階はともかく、第二段階以上に進むには魔物から合意を取り付ける必要がある。

魔物の意思に反して、強制的にテイムすることは基本的にできないのだ。

俺は、右舷側少し離れた海面近くをぐるぐる回っている海カバに向かって呼びかける。

「海カバ。今俺たちは困っていてな」

『きゅぅ？』

一声鳴くと、海カバは船に一気に近づいてきた。

右舷すれすれの海面から顔を出して、首をかしげて俺を見つめている。

「ははははっはははっはっはははははっはっ！」

魔物学者ケリーが興奮して過呼吸になりかけながらすごい勢いでスケッチしていた。

そんなケリーを放置して、俺は海カバに事情を説明する。

「風がなくなって、進めなくなってしまったんだ。引っ張ってくれないかな」

『きゅぅ……イイケド……』

「何か欲しいものや、してほしいことはないか？」

魔物との取引には、必ず対価が必要だ。

対価は物とは限らない。相互安全保障などもある。

『ウーン。トクニナイケドー』

海カバは悩んでいるようだったので、俺は魔法の鞄《マジック・バッグ》から色々取り出して見せてみる。

だが、どれもあまり興味はなさそうだ。

ヴィクトルや他の冒険者の方が俺の仕草に興味津々《しんしん》である。

テイムに限らず、スキルは固有魔法のようなもの。

努力でスキルレベルを上げることはできても、習得することはできない。

基本的に天性のものなのだ。

テイムはスキルの中でも珍しいものだ。

歴戦の冒険者であるヴィクトルも実際にテイムするところを見るのは初めてなのだろう。

基本的に、テイムとは交渉である。

冒険者たちの視線を感じながら、俺は海カバと交渉を続ける。

「これはどうだ？　お前の好みの味かどうかはわからないが……」

『きゅーん？』

食べ物を提示してもいまいち反応が悪い。

餌《えさ》などは充分自分で獲れているから必要ないのだろう。

どれもいまいちな反応で、困っていると、海カバが言う。

『マリョクワケテ』

「魔力か。その場合従魔になるが、いいのか？」

魔力を分けるには魔力回路をつなげる必要がある。

そのためには従魔化しなければならない。

魔物との取引の対価に、名付けと魔力を使うのが従魔化ということもできる。

テイム第二段階が一回限りの契約ならば、第三段階の従魔化は永続契約だ。

その辺りのことを海カバに丁寧《ていねい》に説明する。

だが、海カバは、

『イイ』

従魔化に躊躇《ためら》いはないらしい。

「そうか。ありがとう」

「きゅう」

魔物の一部には俺の魔力はなぜか人気がある。

従魔化を希望されるのも初めてではない。

実は、世界各地にそれなりの数の俺の従魔が、自然の中で暮らしているのだ。

「従魔化するなら、名前も与えないとな。希望はあるか？」

『マカセル』

任されたので考える。あまり名付けは得意ではないが仕方がない。

俺は海カバの名前を考えると、右の手のひらに魔力を集めて魔法陣を作り出す。

その魔法陣を海カバの鼻先にかざして、唱える。

「我、テオドール・デュルケームが、汝にヒッポリアスの名と魔力を与え、我が眷属とせん」

『きゅう。ワレヒッポリアス。テオドール・デュルケームノケンゾクナリ』

海カバ改めヒッポリアスがそう言うと、魔法陣が輝く。

ヒッポリアスの額に一瞬だけ光の刻印のように魔法陣が転写されて消えた。

海カバ改めヒッポリアスが眷属化を承諾し、魔法陣を受け入れることで効果が発動するのだ。

これで眷属化の儀式が終わった。

ヒッポリアスが眷属《けんぞく》になった途端に俺《おれ》の魔力の半分ぐらい持っていかれた。
立ち眩《くら》みがして、倒れかけたが踏みとどまる。
強い魔物を眷属化するほど、持っていかれる魔力は多くなる。
攻撃魔法も治癒《ちゆ》魔法も使えないが、実は俺の魔力量はかなり多い。
魔力量だけなら、賢者と呼ばれている勇者パーティーの魔導師よりもあるぐらいだ。
その大量の魔力のうち半分持っていくとは、高位ドラゴン並みである。
ちなみに眷属である従魔への魔力供給は、何か依頼するときに支払えばいい。
しかも一回魔力を供給すれば、一週間ぐらいは働いてくれるのだ。
効率はかなりいいと言えるだろう。
『きゅうきゅう！　テオドールのまりょくおいしい』
眷属化したことで、ヒッポリアスの言葉が流暢《りゅうちょう》になった。
「それならよかった」
『ふねをうごかせばいいの？』
「頼む。向こうの方角にある大陸はわかるか？」

『わかる』

「なら、話は早い。俺たちはその大陸に行きたいんだ」

『わかった～。おしたげるね』

ヒッポリアスが船尾の方へと回りこむ。

俺も船尾へと移動すると、ヒッポリアスは船を押しはじめた。かなり速い。

風が順調だったこれまでより速いぐらいだ。

ヴィクトルや冒険者たちが大喜びしている。

そして、魔物学者ケリーは船尾から身を乗り出してヒッポリアスを観察する。

「すごいな、ヒッポリアス。ものすごく速いじゃないか」

ケリーが話しかけても、ヒッポリアスは無反応だ。

だが、ケリーは気にする様子もない。一方的に話しかけスケッチを続けている。

「……ケリー。海に落ちるなよ」

「ああ、わかってるさ」

ケリーは上《うわ》の空《そら》で返事をする。

落ちたら困るので、腰縄を付けるように言っておく。

「テオさん、少しよろしいですか？」

「どうしたんだ？」

俺はヴィクトルに呼ばれて、船尾から移動する。

すると、船足が止まった。

何があったのだろうか。俺は船尾に戻ってみる。

「ヒッポリアス、どうした、何かあったのか？」

『ておどーる。ひっぽりあすがおすとこみてて』

「……わかったよ」

するとヒッポリアスは、再び機嫌《きげん》よく船を押しはじめた。

押しながら俺の方をチラチラ見てくる。

小さい子供みたいで可愛《かわい》らしい。

「ヒッポリアスすごいぞ！　偉いぞ！」

「きゅっきゅ！」

それからは夕方ぐらいまでヒッポリアスが押してくれた。

その間、ずっと俺は船尾でヒッポリアスを見る仕事に従事した。

ヴィクトルが俺に話があるときは、ヴィクトルから船尾に来てもらうことにした。

俺が見ていないと、ヒッポリアスが押すのをやめるので仕方がない。


夜になると、ヒッポリアスの食事の時間だ。

『ておどーる、ごはんたべてくるからまっててて』

「ああ、自由にしていいよ」

ヒッポリアスは海中に深く沈んでいった。

「潜水能力も高い。エラ呼吸なのか？　いや、エラは見当たらなかったが……」

真剣に考察するケリーは放っておいて、俺は船尾で横になる。

するとヴィクトルがやってくる。

「テオさん、お疲れ様です。こっちでお休みになりませんか？」

「いや、俺はここでいい。ヒッポリアスが戻ってきたときにいないと寂《さび》しがるからな」

「そうですか……」

ヴィクトルは少し考えると指示を出しはじめた。

船尾でも、俺が快適に過ごせるよう整えてくれるようだ。

「ありがとう」

「いえいえ、テオさんとヒッポリアスには窮地《きゅうち》を救ってもらいましたから当然です」

船尾に簡易の小屋みたいな、雨と風よけを建ててくれるつもりのようだ。

「あ、製作スキルがあるから俺がやろう」

「先ほどテイムスキルを使っていただきましたし、お疲れなのでは？」

「大丈夫。魔力には、まだまだ余裕がある」

ヒッポリアスのテイムに使ったのは、俺の魔力の半分だけ。

そして、俺は魔力の回復も人並み以上に速い。テイムから今までの数時間でだいぶ回復した。

それに製作スキルは小さいもの、単純なものを作るならさほど魔力は使わない。

今ある魔力でも充分だ。

「じゃあ、さっそく」

俺はヴィクトルの持ってきてくれた木材を床に並べる。

製作スキルの前に、まずは鑑定スキルだ。

スキルを使わずとも、木材の種類などはわかっている。

それでも鑑定スキルを使うのは固有の特性を把握《はあく》するためである。

育った環境や地域、木目の方向などなどにより、木材それぞれに個性がある。

それを把握することで製作スキルの効果が上がるのだ。

鑑定が終わると、次は製作スキルの番だ。

まず作り出す風よけを脳内でイメージする。

長さ、高さ、厚さなどの外見だけでなく手触りなどの質感まで明確にだ。

これが意外と難しい。

だが、イメージがどれだけ精確で鮮明かが製作物の出来を決める。

イメージが固まると、手に魔力を集めて木材にかざす。

そうしてから、一気に製作スキルを発動させた。

大きめの木材が俺のイメージした通りに変形し、ゆっくりと組みあがっていく。

製作スキルは、けして万能ではないが、物理法則を無視したことができるのだ。

俺が立ったままでもすっぽり入ることのできる、雨風よけを作るのもあっという間にできた。

「製作スキル持ちは沢山《たくさん》知っていますが、これほどの使い手を見るのは初めてです」

ヴィクトルが褒《ほ》めてくれた。

「すごい。ぱあって光ってあっという間にできてた」

「これだけのものを作るなら、知り合いの製作スキル持ちなら、数時間かかるぞ」

「これが何でも屋テオの実力……」

「勇者パーティーの屋台骨ってのは伊達《だて》じゃないんだな」

冒険者たちが感心してくれる。

俺が照れていると、ヒッポリアスが戻ってきた。

戻ってきたヒッポリアスは船尾に前足をかける。

ヒッポリアスは重いので、船自体が傾いた。

「ヒッポリアス、船に体重をかけたらダメだよ」

『わかった』

ヒッポリアスは素直に少し距離を取る。

「ヒッポリアス、ご飯はもういいのか?」

『だいじょうぶ』

そう言うと、ヒッポリアスは船尾に大きな魚を一匹乗せた。

一般的な成人男性よりも大きな魚だ。ビタビタと派手に跳《は》ねている。

『ておどーるたべて』

「いいのか？　ヒッポリアスのご飯じゃないのか？」

『ひっぽりあす、おなかいっぱい。ておどーる、たべて』

「ありがとう。一人では食べきれないからみんなで食べさせてもらおう」

「きゅる」

ヒッポリアスは嬉《うれ》しそうに鳴く。

魚をみんなで手分けして解体していると、魔物学者のケリーがやってくる。

「ケリー、この魚は新種か？」

「いや、この魚は知っている。生で食べるとうまい」

「生で？」

「そう、生で。ただし寄生虫には気をつけろ。見えるから避けて食べればいい」

ケリーは魔物だけでなく魚にも詳しいようだ。

ケリーの言う通り生で食べると、とてもうまかった。

余った分は魔法の鞄《マジック・バッグ》に入れておく。

食料に余裕があるわけではないのですごく助かる。


ヒッポリアスが仲間になってから航海は順調に進んだ。

朝から夕方まで、休憩をはさみながらも、ヒッポリアスは船を押してくれる。

そして食事した後は、魚を持ってきてくれるのだ。

凪《なぎ》の海域を抜け、風が吹くようになってからも、ヒッポリアスは船を押してくれた。
そして、俺は毎日ヒッポリアスが押している姿を見る仕事に従事する。
ヒッポリアスは定期的に撫《な》でろとねだるので、撫でたりもした。
おかげで、予定よりも早く到着することができた。
ちなみにケリーは一日の大半を船尾で過ごしてヒッポリアスを観察していた。

6 上陸

カリアリを出港してから二十五日後。

見張りに立っていた冒険者の大きな声が船に響いた。

「陸地が見えたぞおおおぉぉ！」

全員が船首の方へと走っていく。

さらにしばらく進むと俺《おれ》たちの目にも大陸が見えるようになった。

木々が豊富に生えている。鳥が飛んでいるのも見えた。

遥《はる》か遠くには標高の高い冠雪した山も見える。

「かなり大きな大陸のような印象を受けますね」

「そうだな。山が高いからな」

小さな島の山は低いことが多いのだ。


さらに数時間進み、新大陸の近くまで来た。

まだ上陸はしない。拠点に適した場所を船上から探すためだ。

飲み水確保のために川が欲しい。

できれば、海底が深く船を近づけやすいといい。

ヴィクトルと地質学者が相談して、拠点を作る場所を探す。

そして、二時間後、やっと拠点を作る場所が決まった。

とても大きな川を少しだけさかのぼったほとりである。

その川は、底も深く、流れも緩《ゆる》やかで、当初海峡ではないかと思われたぐらいだ。


場所が決まれば全員が上陸する。

本当は船に数人残るべきなのかもしれないが、みんな陸が恋しかったのだ。

全員が上陸するには小舟で何度も往復する必要がある。

だからかなり時間がかかる。

俺とヴィクトルは真っ先に上陸させてもらったので、先に周辺を軽く偵察《ていさつ》した。

「拠点はどの辺《あた》りに？」

「川から少し離れた場所、あの丘辺りを考えています」

「あまり川に近くても氾濫《はんらん》が怖いからな」

畑を作るのならば、もっと奥地の方になるだろう。

もし、開拓がうまくいけば、この場所は港町になるかもしれない。

そうなれば、川の近くには荷揚げのためのスペースが必要になる。

それに倉庫なども建てられることになるだろう。

「まあ、うまくいったときのことを考えるのは、気が早すぎるかもしれませんが」

「いや、将来のことを考えるのは大切だ」

将来を踏まえて、拠点をどう作るか考えなければならない。

「まず全員の宿舎が欲しいですね」

「一人一軒か？」

「さすがにそれは……手間がかかりすぎますし、資材も」

「それなら大きめの家を五軒ぐらい建てて、四人ずつで暮らす形がいいか」

「そうですね」

そんなことを相談していると、

「きゅうきゅう」

当たり前のように俺の真横にいたヒッポリアスが鳴く。

上陸したヒッポリアスは、やっぱりカバに似ていた。

大人のカバよりも、子供のカバにそっくりだ。

子供に似ていると言っても、頭の先から尻尾《しっぽ》の先までの体長は十メトルほどあるのだが。

手足は短めで、頭が大きい。

カバとの違いは尻尾が太くて長いことぐらいだ。

「脂肪で体温を保持しているのか？」

そんなことを言いながら、魔物学者のケリーが調べまくっている。

ヒッポリアスはケリーのことをほとんど気にしていないようだ。

「きゅきゅきゅきゅ」

「どうした？　ヒッポリアス」

『ひっぽりあすのいえは？』

「ヒッポリアスも家が欲しいのか？」

『ほしい』

ヒッポリアスは航海成功の立役者だ。

欲しいというのならば、作ってあげるべきだろう。

「ヴィクトル。ヒッポリアスの家も建てていいだろうか？」

「もちろんです。ヒッポリアスがいなければ全滅もあり得ましたからね」

そうして、建物を六軒建てることに決まった。

7

拠点づくり

宿舎について相談している間に、冒険者たちが上陸してくる。

ヴィクトルがさっそく冒険者たちに木を切るように指示を出す。

「急がないと、今夜は野宿か、船で寝ることになりますよ」

「それは嫌だな！」「ああ。急ぐぞ」

冒険者たちは張り切って木を切り倒していく。

本職のきこりではないのに、なかなか皆手際《てぎわ》がいい。

とはいえ、六軒の小屋を建てるのに充分な木材を一日で確保するのは難しいだろう。

「ヴィクトル。土で仮小屋をつくろうか？」

「土で、ですか？」

「ああ。日没までに六軒分の木を集め、小屋を建てるのは難しいだろう」

「一、二軒作れれば、そこで雑魚《ざこ》寝《ね》すればいいと思っていましたが……」

ヴィクトルの言う通り、それでもいいだろう。

「土ならこの場のものをそのまま使える。木よりも快適性は下がるが……」

土は通気性が悪い。窓も作りにくい。雨にも弱い。

だが、俺《おれ》の製作スキルで作るのならば、魔力強化された状態の土の小屋になる。突然崩れたりはしないだろう。

「そうですね……」

ヴィクトルが真剣に考えていると、ヒッポリアスが俺に頭をこすりつける。

「どうした？　ヒッポリアス」

ヒッポリアスは甘えたいんだと判断して、俺は頭を撫《な》でてやる。

『てお゛ーる。ひっぽりあすもてつだう？』

「ヒッポリアスも木の伐採《ばっさい》を手伝ってくれるのか？」

『うん。きをたおせばいいの？』

「いや。木材にするからな。へし折ってバキバキにしたらダメなんだ」

『そっかー。わかったー』

ヒッポリアスは近くにある太い木の根元に歩いていった。

それを見送りながらヴィクトルが言う。

「そうですね、土の小屋を作れば、撤去する手間がかかりますし……」

「それはそうだな。最初から長く使える小屋を建てた方がいいのは間違いないが……」

この伐採ペースなら、遅くとも三日あれば六軒分の木材を集めることができるだろう。

頑張れば、二日でいけるかもしれない。
一、二泊のすし詰め雑魚寝を防ぐために土で仮小屋を建てるのが非効率なのは確かだ。

そのとき、ヒッポリアスがこっちを見ながら、大きな声で鳴いた。

「きゅううううう！」

「どした？　ヒッポリアス」

『ひっぽりあすが、きをたおすとこみてて』

ヒッポリアスは、何かにつけて、俺に見てもらいたがるのだ。

「わかった、見ていよう」

「きゅ」

一声鳴くと、ヒッポリアスの頭に立派な角が生えた。

恐らく魔力でできた角だ。それは水牛のような立派な角だった。

ヒッポリアスは、その角を木の根もとに差し入れる。

そして、頭で木の幹を押しながら、てこの原理で根もとから木を倒した。

それを見てヴィクトルは驚いて固まる。

だから俺はヴィクトルに説明する。

「ヒッポリアスは、押すと同時に魔法を使って木を倒したみたいだな」

「それはどういう仕組みなのですか？」

「角の先から魔法を撃ちこんで木の根を切断したんだ」

太い木の根さえ切断できれば、ヒッポリアスの膂力《りょりょく》があれば大木を倒すことも難しくない。

「そもそも角が生えましたよ？」

「魔力の角だな……俺も知らない。やはりヒッポリアスは珍しい種族だな」

そんなことを話していると、ヒッポリアスがこっちを見ていた。

「きゅ？」

「ヒッポリアス、すごいぞ！」

俺が褒《ほ》めると、ヒッポリアスは大きくて長い尻尾《しっぽ》をブンブンと振った。

そして、十人がかりでも運搬《うんぱん》が大変そうな大木を口で咥《くわ》えて走ってくる。

「きゅおきゅお！」

「ありがとう、助かるよ」

褒めて撫《な》でると、ヒッポリアスはすごく嬉《うれ》しそうに喉《のど》を鳴らす。

『もっときってくるね！』

「頼む」

元気に走っていくヒッポリアスを見てヴィクトルが言う。

「ヒッポリアスは、というか海カバという種族は何なのでしょうか……」

「わからん」

ヴィクトルが疑問に思うのもわかる。魔法を使える魔獣などそうそういないのだ。

「海カバというのはだな。新種の竜なのだ」

いつの間にか隣に来ていたケリーが解説を始めた。

「竜なのか。そうかもしれないな」

「なに？　竜と聞いてもテオは驚かないのか？」

「ヒッポリアスをテイムしたとき、高位の竜種並みに魔力を持っていかれたからな」

その時点で、ヒッポリアスの魔物としての格は高位竜種と同格なのだ。

「なんと！　そういうことは早く教えろ！」

「それはすまなかった」

その後、ケリーの観察結果を教えてもらう。

鱗《うろこ》のない地竜の一種だとケリーは考えているらしい。

「海にいたのに海竜ではなくて地竜なのか？」

「海竜は足ではなくひれがある竜だ。ちなみに地竜というのは足があって翼がない竜だ」

魔物学者はそう分類しているらしい。

どう分類されようが、ヒッポリアスはヒッポリアスだ。

好きに分類すればいいいと思う。

そんなことを話している間にヒッポリアスがまた木を倒して持ってくる。

冒険者たちが三本倒している間に十本ぐらい倒していた。

しかも冒険者たちの倒した木もヒッポリアスが運んでくれる。

「ありがとう、ヒッポリアス。助かるよ！」

「きゅきゅきゅ」

冒険者にお礼を言われて、ヒッポリアスはご機嫌《きげん》に尻尾を振っている。

ヒッポリアスは働き者の海カバらしい。

そして俺は集まった木材で小屋を作りはじめることにした。


俺は建築に入る前に、ヒッポリアスのことを撫でる。

「ヒッポリアス、製作スキルを使うから、しばらく木を倒すとこ見てあげられないんだ」

『……わかった。きゅう』

お願いしたら見ていなくても作業してくれるようだ。

俺は安心して建築の準備に入る。

建てるのは四人が居住可能な小屋だ。個室四部屋と共用部があればいいだろう。

建築の前にまずは鑑定スキルで地盤を調べることから始める。

立派な建物を作っても、地盤がゆるゆるでは意味がないのだ。

俺は魔力を両手に集めると、地面に触れる。

そして鑑定スキルを発動させた。

広さ半径二百メトル、深さ二十メトルの範囲を一気に調べることに成功した。

鑑定スキルの範囲はスキルの熟練度に依存するのだ。

このスキル範囲は、鑑定スキル持ちの中でも相当に広いと自負している。

「くぅ」

俺は思わずうめいた。

一気に言語化されていない情報が脳内に流れ込んでくる。

この情報処理は相当に難しい。

鑑定スキル持ちでも、手に入れた情報の大半を理解できない者が多いのだ。

俺も何とか処理しきる。

「ふう。結構いい地盤だな。そのまま杭《くい》を打ち込めばしっかりと固定できる」

次はヒッポリアスと冒険者たちが採集してくれた木を並べる。

他の材料、蝶番《ちょうつがい》などに使う金属類も一緒に並べていく。

石や砂も必要だ。一緒に並べる。

材料を並べ終わると、ヴィクトルが尋ねてきた。

「その木は新種ですか？　建材に適した木でしょうか？」

「木自体は既知《きち》のものだな。建材にも適している種類だ。いい木だ」

「それはよかったです」

俺は並べた原木や金属などの材料を丹念に調べる。

原木の種類は鑑定スキルを使うまでもなくわかっている。

それでも鑑定スキルを使うのは、風よけを作ったときと同様に固有特性を調べるためだ。

風よけを作ったときよりも、使用する木の量がずっと多い。

だから鑑定スキルを使ったことにより手に入る情報量も膨大《ぼうだい》だ。

情報量が多いのはいいことだと思われがちだが、実はそうでもない。

その膨大な量の情報を処理するのは俺の脳内なのだ。

一般的な鑑定スキル持ちはごく少量ずつ鑑定をかけることで何とか処理する。

名前と漠然《ばくぜん》とした品質程度の情報に絞り込むことで対処している者がほとんどだ。

情報処理能力と膨大な魔力量に支えられた、膨大な鑑定範囲と鑑定処理量。

それこそが、俺の鑑定スキルの強み。チートとすら言われる能力である。

「一軒分の材料鑑定終わり。次は製作スキルの建築だ」

俺の製作スキルをチートと呼ばれる域に押し上げているのも、情報処理能力である。

精確かつ鮮明に、製作物を思い浮かべる。

それに鑑定スキルで得た材料の特性を当てはめて、脳内で組み立てるのだ。

どれだけ鮮明に思い浮かべることができるか。

それには大きな個人差がある。

製作スキル持ちは珍しくない。

だが、俺ほど精確鮮明に思い浮かべることができる者は他にほとんどいない。

さらに鑑定スキルで把握《はあく》した材料特性を組み合わせて最適に製作できる者はまずいない。

加えて俺には膨大な魔力がある。

大量の情報量と、鮮明なイメージを生かすためには膨大な魔力が必要なのだ。

いくら鮮明なイメージでも、時間とともに劣化《れっか》するのは免《まぬか》れない。

時間経過によるイメージの劣化を防ぐために必要なのが、膨大な魔力による高速製作である。

普通、一軒の家を建てるならば、休み休みしながら数日かける。

その場合は、その都度《つど》イメージを再び脳内で組み立てなければならない。

すると、休むたびに前回のイメージとの齟齬《そご》が生まれる。

その齟齬は、製作物の出来に大きな影響を及《およ》ぼしてしまうのだ。


「さて……」


俺はイメージを固めたので、建築に入る。

一気に完成までもっていくのがいい製作物を作るコツである。

冒険者たちとヒッポリアスが集めてくれた原木を、製作スキルで一気に木材へと加工する。

生木は建材には適さない。だから、スキルを使って一度木材へと加工するのだ。

木材が揃《そろ》えば次は建築だ。一気に組み上げていく。

非常に集中力を要する作業である。魔力も使う。

土台から床、そして天井《てんじょう》、屋根に向けて積み上げるようにして建築する。

集中力を切らさぬよう全力を尽くさねばならない。


十五分後、一軒の家が完成した。我ながらなかなかの出来だ。

ヴィクトルと休憩中の数人の冒険者と一緒に中へ入って確認する。

玄関から入ると、まず共有スペースがある。

その共有スペースから四つの個室につながっているという構造だ。

床は全て板張りである。

個室にはそれぞれ開閉できる窓がある。

砂を材料として、板ガラスを作りはめ込んである。

「窓まで……すごいですね」

ヴィクトルが感心してくれた。

極《きわ》めればいろんなことができる製作スキルとはいえ、板ガラスを作れる者はそういない。

ガラスの構造を把握しなければならない上にガラスは繊細《せんさい》だ。

力加減を間違えれば簡単に割れてしまう。

「板ガラスすげー」

「貴族のお屋敷みたい」

冒険者たちにも好評なようでよかった。

まだ、宿舎の中に家具は一つもない。

台所やトイレの機能は、井戸と下水を整備してから考える予定だ。

だから完成とは言えないが、ひとまず雨風を凌《しの》いで眠ることはできる。

「ふう、まずまずだな」

「見事です」

「ありがとう。木はまだあるよな?」

「はい。ヒッポリアスの活躍がすごいです。作業予定を五倍ぐらいの速さで消化していますよ」

「そうなのか」
俺は家を出て、ヒッポリアスと冒険者たちが集めてくれた木の集積場を確認する。
家を建てるのに、充分な量が溜《た》まっていた。
冒険者たちの数人は大きめの石や砂などを集めてくれている。それもすごく助かる。
「では。二軒目にいきますか」
少し休憩して、同様のことをして、もう一軒家を建てた。
休憩をはさみながら、木が溜まるたびに家を建てていく。
ヒッポリアスがどんどん運んでくれるので、休憩時間は短くて済む。
五軒の家の構造は全部同じだ。
建てる場所と、材料にする木の特性が違うので調整は必要である。
とはいえ、やることはほとんど同じだ。
建てるたびに慣れていき、徐々《じょじょ》に効率よく建築することができた。
冒険者たちの宿舎を五軒建て終えたら、次はヒッポリアスの家である。
ヒッポリアスは大きいので、宿舎よりも大きくなる。
当然、必要な材料も多い。
「きゅっきゅ」
木を咥《くわ》えたヒッポリアスが期待のこもった目でこちらを見てくる。
尻尾をぶんぶんと振っている。

ヒッポリアスは俺が見ていない間も、一生懸命木を集めてきてくれていた。

最大の功労者と言ってもいい。功労者には報いなければなるまい。

「ヒッポリアス、任せろ」

「きゅう」

ヒッポリアスの期待に応《こた》えるためにも立派な家を建てることにした。

ヒッポリアスの家を建てる前に調べなければいけないことがある。

「ヒッポリアス、木を置いてこっちに来い」

『なに～？』

「少し調べさせてくれ」

『きゅる。わかったー』

俺《おれ》は改めてヒッポリアスを、直接触ってしっかり調べる。

手触《てざわ》りはぺたぺたしていた。

「木を沢山《たくさん》集めて、汗をかいたんだな」

皮膚の下には分厚《ぶあつ》い脂肪《しぼう》があるようだ。

脂肪が体温保持を担《にな》っているのだろう。

「暖かい季節はともかく、冬になったら寒そうだな」

「きゅ？」

ヒッポリアスは俺に触られることが嬉《うれ》しいのか、機嫌《きげん》よく尻尾《しっぽ》を振っている。

ついには頭をこすりつけてきたので、ついでに顔も調べる。

「口開けて」

「きゅおーん」

「口大きいな。ここら辺はカバと同じか……」

だが、牙《きば》が短い。

俺の知っているカバの牙はとても長かったはずだ。

「海カバの牙は小さいのか？」

「これは子供だからだろうな」

いつのまにかやってきたケリーが言う。

俺と一緒にヒッポリアスの口の中に手を入れた。

『ふしゅー』

「ケリー、ヒッポリアスが嫌がってるから口の中に手を入れないでくれ」

「おお、これはすまない」

たいして気にした様子もなく、ケリーはヒッポリアスの口から手を抜いた。

そして頭をペタペタ撫《な》でる。

「これはカバではなく、地竜の幼体と成体の見分け方なんだが……」

そう言ってケリーは地竜の豆知識を教えてくれた。

角の形状や尻尾の形が違うらしい。

「なるほど。ヒッポリアスはまだ子供だったか」

「きゅう？」

「身体が大きくなってもいいように、大きめに家を作った方がいいな」

竜の成長は遅い。

だから成長を気にして家を大きくしなくてもいいのかもしれない。

だが、念のためだ。

「大きな家にして、断熱性能を高めた方がいいかな」

毛がないヒッポリアスが隙間風《すきまかぜ》で風邪をひいたら困る。

「冷たい海の中でも暮らしているはずだし、大丈夫だろうよ」

そんなことをケリーが言っているが、念のためにあったかい家にした方がいいだろう。

俺はヒッポリアスの家を精確にイメージする。

体長十メトルあるヒッポリアスの家だ。一辺三十メトルはほしい。

天井《てんじょう》も高い方がいいだろう。

扉もヒッポリアスが楽に通れるぐらい大きくなければなるまい。

床も重いヒッポリアスに対応しなければならない。

かなり木材を消費する。

だがヒッポリアスが沢山木を集めてきてくれたので何とかなる。

「ヒッポリアス。石集めを手伝ってくれ」

『わかった！』

俺は石を集める。

宿舎を作る際に使うために、周辺の石はほとんど集めてしまっている。

だから少し離れた場所から石を集めておく。

石集めは、ケリーたち学者たちとヴィクトルなども手伝ってくれた。

「ありがとう。すごく助かるよ」

「きゅ」「役に立てたならよかったですよ」

ヒッポリアスとヴィクトルは笑顔を浮かべる。

そして、地質学者は石にも興味を持っているらしい。

真剣な目で観察していた。

「火山岩が多いですね。近くに火山があるのやも」

「あの山か？」

遠くに見える頂上が冠雪した高い山を、魔物学者のケリーが指さしていた。

「可能性はあります」

「山に住む魔獣も調べたい。今度行こう」

「ああ、気候も調べたいですね。俺も行かせてもらおう」

気候学者もそんなことを言う。学者たちが楽しそうに山を調べる計画を立てはじめた。

「調査は拠点が完成し、生活が安定してからですよ。しばらくお待ちください」

ヴィクトルが笑顔でたしなめる。

学者だけで調査に向かわせるわけにはいかない。

どんな魔物がいるかわからないのだ。

冒険者たちでパーティーを組んで派遣する必要がある。

だが、冒険者たちは拠点づくり、生活安定化のための貴重な労働力でもあるのだ。

そう簡単に遠方調査は実行できない。

「わかっているさ。しばらくはヒッポリアスと近隣の生物を調べるだけで我慢《がまん》するよ」

「ご理解感謝します」

ヴィクトルと学者たちの話が終わるころには石は集まった。

石も建材としては使いやすいのでいくらあっても困らない。


材料が集まると、俺はいつもの通り全ての材料に鑑定スキルをかける。

脳内に流れ込む大量の情報を、全力で集中して把握《はあく》する。

非常に疲れるが、気合の入れどころである。

材料の鑑定が終わると、次は製作スキルのためのイメージ構築だ。

宿舎よりも、ヒッポリアスの家はずっと大きいのでイメージするのも大変である。

しかも気密性を高くする必要があるので、さらにイメージを精密にしなければならない。

イメージが固まると、次はいよいよ製作スキルの発動だ。

魔力を大量に使って、一気に下から作っていく。

土間では雨の時にドロドロになりそうなので、板の間にする。
そこまでは宿舎と同じ。
だが、今回はヒッポリアスの重い身体に耐えきらないといけない。
構造自体を変える必要がある。
冒険者の宿舎は、柱をいくつか建てて、床は地面から浮かせてある。
その方が雨に強いし、湿気《しっけ》などにも強いからだ。
床が浮いている構造は、快適なのだが、ヒッポリアスの体重を支えるのは難しい。
まず地面の土をある程度固めて、その上に石を敷き詰める。
製作スキルを使って、石を平らに加工するのも忘れない。
石を敷き詰めた後、原木を加工した板を並べて床にする。
そこからは基本的に、宿舎と同じ手順である。
壁を作り、天井を作り、屋根を作る。
大きなヒッポリアスが快適に過ごせるよう、宿舎より広いだけでなく間仕切りがない。
それゆえ、天井と屋根を支えるために梁《はり》を頑丈に、多めに配置する。
本当は木よりも軽い金属の梁を使いたいのだが、今はないので仕方がない。
念のために上にいくほど、軽くて頑丈な木を選んで使っていく。
「これでよしっと」
ついにヒッポリアスの家が完成したのだった。

ヒッポリアスの家の完成まで製作スキルの発動開始から四十分ほどかかった。

準備段階の鑑定スキルや石集めなども入れると、一時間以上かかっただろうか。

「ヒッポリアス、できたぞ」

そう言いながら、俺は周囲を見回してみたが、ヒッポリアスはいなかった。

製作スキル発動中は、スキルに集中しているので、周囲の変化に気づきにくいのだ。

「あれ、ヒッポリアスはどこ行った？」

「テオさんが製作スキルを使いはじめたころに、どこかに走っていきましたよ」

ヴィクトルが教えてくれた。

「そうか。トイレにでも行ったのかな」

トイレにしては長すぎる。

だが、ヒッポリアスにも色々事情があるのだろう。

それにヒッポリアスはとても強いので、心配は不要だ。

「テオさん、中を拝見させていただいても？」

「ああ、もちろんだ」

ヴィクトルや冒険者たちがヒッポリアスの家の中へと入っていく。

冒険者たちも必要な量の木を切り終わってから、俺の作業を見ながら休んでいたのだ。

ケリーたち三人の学者も中に入っていった。

「立派な扉ですね」

「ああ。ヒッポリアスが出入りするための扉だからな」

ヒッポリアスの家の扉は両開きの大きなものだ。

そして、扉はヒッポリアスが口で開けられるようにしてある。

「中は綺麗《きれい》で広いですね」

「集会場みたいだな！」

冒険者たちがヒッポリアスの家の中を楽しそうに見て回っている。

板張りの床。太い梁。窓には大きな板ガラスだ。

大きな天井と屋根を支えるために、四隅以外にも柱を建ててある。

とはいえ部屋の中に柱を建ててはヒッポリアスが窮屈《きゅうくつ》になってしまう。

だから壁に埋《う》め込む形で柱を並べてあるのだ。

壁も冒険者用の宿舎に比べたら分厚くなっている。

全ては大きな天井と屋根を支えるためだ。

みんなにヒッポリアスの家の構造について説明していると、

「きゅうきゅうきゅう！」

外からヒッポリアスの声が聞こえてきた。

『ておどーるどこー。どこー』

加えて寂《さび》しそうに呼びかけてきたので、俺は急いで外に出る。

「ヒッポリアス、どうした？　トイレか？」

「きゅきゅう」

ヒッポリアスは鳴きながら俺の身体に腰辺《こしあた》りを押し付ける。

ヒッポリアスは口に大きな猪《いのしし》を咥《くわ》えている。

その猪は体長は三メトルぐらいある巨大なものだ。

「ヒッポリアス。ご飯を獲りにいってきたのか」

『そう。ひっぽりあすのいえつくったら、ておどーるがおなかすくとおもって』

「ありがとう、すごく嬉しいよ。お腹空《なか》いてたところなんだ」

「きゅっきゅ！」

ヒッポリアスは嬉しそうに鳴く。

そんなヒッポリアスに咥えられた猪はまだ生きている。

「ぶぼおおおぶぼおおお」

猪は大きな声で鳴きながらもがいている。活《い》きのいい立派な猪だ。

もがいても、ヒッポリアスがしっかり咥えているので逃げられないようだ。

やはりヒッポリアスの顎《あご》の力は相当なものだ。

猪の声を聞いて、ヴィクトルや冒険者たちがみんな出てくる。

だが、真っ先に出てきたのはケリーだ。

「おお、猪！　これが新大陸の猪！」

興奮しているケリーは放置して、

「とりあえず、夜ご飯にするための処理をしようか」

俺が作業に入ろうとすると、冒険者たちが言う。

「そのぐらいは俺らに任せてくれよ！」

「そうそう、テオさんは建築で大活躍だったからな！」

「みんなも木を集めるので疲れただろう？」

そう言ってみたのだが、

「いやいや、テオさんの建築ほどじゃないって」

「ああ、優秀な製作スキル持ち百人分の仕事と言っても過言じゃねーよ」

「テオさんがすげーとは聞いてたけど、ここまでとは思わなかったぜ」

「勇者パーティーの何でも屋ってのはさすがだな」

みんながそう言ってくれる。

さすがにそこまで褒《ほ》められると照れてしまう。

「じゃあ、猪の処理はみんなにお願いするよ」

「ああ、任せておいてくれ」

冒険者たちがとどめを刺したのを確認して、ヒッポリアスは地面に猪を置く。

その猪を冒険者たちは処理していく。

さすが、みな一流の冒険者なだけのことはある。手際が見事だ。

血抜きのための作業と、毛皮をはぐ作業を連携して実行していく。

そして俺は、ヒッポリアスに家を案内することにした。

「ヒッポリアス。家の中を見せてあげよう」

「きゅっきゅ」

「扉は口で開けられるようになっているんだ。開けてみてくれ」

『きゅう。あいた！』

扉を開けると、ヒッポリアスはこっちを見て嬉しそうに尻尾を振る。

俺はヒッポリアスの頭を撫でる。

「それはよかった」

「きゅ」

ヒッポリアスは中に入る。

「きゅうぅう」

「どうだろう？　狭いか？」

『せまくない！』

ヒッポリアスは家の中をぐるぐる回って匂《にお》いを嗅《か》ぐ。

それが済むと、床に横たわって、ごろごろ転がる。

「ヒッポリアス。家具を作るのはこれからなんだ。寝床とか希望があったら言ってくれ」

『ゆかきもちいい』

「それならよかった。気持ちよく眠れそうか？」

『ておどーるもここでねる』

「ん？　俺にもここで眠ってほしいのか？」

『ほしい』

家具がない以上、どこで寝ても大差ない。

なんなら、ここに俺のベッドを置いてもいいだろう。

「それじゃあ、俺もここで寝ることにするかな」

「きゅうるきゅる」

するとヒッポリアスは嬉しそうに鳴いて、俺に身体を押し付けてきたのだった。

9 夕食

俺《おれ》は今日一日すごく頑張《がんば》ったヒッポリアスを労《いたわ》ることにした。

ワシワシ撫《な》でながら、魔力を少し分けてみる。

「どうだ、ヒッポリアス」

『まりょく、おいしい！』

俺は定期的にヒッポリアスに魔力を与えている。

テイムしたときは半分ほど魔力を持っていかれた。

だが、日々の補給はテイム時ほど大量の魔力は必要ない。

大体、テイム時の十分の一から二十分の一でいい。

だから製作スキルを何度も行使した後でも、分けるぐらいのことはできる。

「ヒッポリアスはどの辺《あた》りを撫でられるのが好きなんだ？」

『あたま！　おなか！』

「そうかそうか」

俺は両手を使って、頭とお腹《なか》を交互に撫でる。

『くちのなかも！』

「口の中か……」

俺の知っている川の近くにいるカバは口の中を鳥に掃除《そうじ》させたりしていた。

海カバにも、そういう共生相手の鳥がいるのかもしれない。

いや、海カバだから、共生相手は魚の可能性もある。

とりあえず、鳥も魚もいない現状では、俺が共生相手になるしかあるまい。

「ヒッポリアス、口を開けて」

「きゅおーん」

ヒッポリアスが素直に口を開けたので、俺は手で口の中をごしごし磨《みが》く。

「きゅぅ」

ヒッポリアスはとても気持ちがよさそうだ。目を閉じて、うっとりしている。

人間でいう歯磨きのようなものかもしれない。

「ヒッポリアスは口が大きいな。今度牙《きば》を磨くためのブラシみたいなのを作ってもいいかもな」

「きゅう」

ヒッポリアスが気持ちよさそうにしていると、俺も嬉《うれ》しくなる。

そうして、俺がヒッポリアスと戯《たわむ》れていると、ヴィクトルがやってきた。

ヴィクトルは俺とヒッポリアスを交互《こうご》に見る。

「テオさん。ヒッポリアスは先ほどの猪の内臓を食べるのでしょうか？」

「どうなんだ？　ヒッポリアス」

『たべる』

ヒッポリアスは植物も食べるが、基本的に肉食なのだ。

肉も内臓もバクバク食べる。比較的小さな動物ならば、骨まで食べる。

「食べるそうだ。それがどうかしたのか？」

「ケリーが、ヒッポリアスが狩ってきた猪は、珍しい猪だと言いまして」

一般的な猪の内臓は、きちんと処理すれば人族が食べてもおいしい。

だが、ケリーが言うには、ヒッポリアスの捕まえた猪の内臓はものすごくまずいらしい。

毒ではないので、頑張《がんば》れば食べられるが、できれば食べたくない味がするとのこと。

「ヒッポリアス。肉と内臓どっちが好きなんだ？」

『さっきたべたけど、ないぞうのがおいしかった』

どうやらヒッポリアスはすでに一頭食べていたようだ。

ヒッポリアスは狩りがすごく上手なのだ。

猪を捕まえて食べておいしかったに違いない。

だから俺やみんなにもおいしい物を食べさせるために生け捕りにして持ってきてくれたのだ。

心優しい海カバである。

「今度食べるときは毛皮や素材を取りたいから、食べる前に持ってきてくれないか？」

『わかったー』

猪の毛皮はいい材料になる。

骨も同様だ。軽くて丈夫なので、製作スキルを使えば色々な物が作れるだろう。

俺とヴィクトルがヒッポリアスを撫でていると、さらに冒険者の一人がやってくる。

「そろそろ焼きはじめるぞ！　内臓はどうするんだ？」

「ヒッポリアスが食べるそうですよ」

「内臓も焼くのか？」

「ヒッポリアス、生と焼いたの、どっちが好きなんだ？」

『わかんない。やいたのもたべたい』

「焼いた内臓も食べたいらしい。内臓も焼いてくれ」

「わかったぜ！」

そして、俺とヴィクトル、ヒッポリアスは家を出る。

すると、肉の焼ける、とてもいい匂《にお》いが漂ってきた。

「肉は久しぶりだな！」

「ああ、魚もうまいが、肉は肉で格別だからな」

冒険者たちも久しぶりの肉にテンションが上がっているようだ。

「簡易のかまどを作ったのか。言ってくれれば、しっかりしたものを作ったのに」

冒険者たちは大きな石を積み上げて、簡単なかまどをいくつか作って、肉を焼いていた。

冒険の途中で、かまどを作ることも多い。

冒険者たちにとっては、かまどを作るなど手慣れたものである。

「いやいや、テオさんは家建てたから疲れてるだろう？」

「そうそう。かまどは俺たちでも作れるしな！」

「気を遣わせてすまなかった。だが、かまどぐらいなら、大した手間じゃない」

「そうなのかい？」

「ああ。今度から遠慮しなくていいぞ。大変なら断るからとりあえず言ってみてくれ」

「わかったぜ！」

石を積み上げた簡単かまどの上に、平たい岩を置いてその上で肉を焼いているのだ。

猪の内臓は専用のかまどで焼かれていた。

混ぜると、内臓独特の臭《くさ》みが肉に移ってしまうからだろう。

「きゅっきゅう」

「ヒッポリアス。焼けるまでもう少し待て。内臓は火が通るまで時間がかかるんだ」

「きゅ」

ヒッポリアスは待ちきれないのか、よだれをこぼしている。


そんなことを話している間にもどんどん肉がいい感じに焼けてくる。

「そろそろ食べごろだ！　みんな食え！」

肉を焼いていた冒険者がそう言うと、冒険者たちが一斉に食べはじめた。

肉は大した調理はしていない。

ただ塩と胡椒《こしょう》をかけて焼いただけである。

それでも肉に飢《う》えていた冒険者たちはおいしそうに食べていた。

「うまいな！」

「ああ、塩と胡椒だけでうまいな！」

「最近は胡椒も安くなりましたね」

ヴィクトルがしみじみと言う。

魔族の大陸で栽培されていた胡椒は、平和になった今では安く手に入るようになった。

胡椒は肉の保存にも役立つし、調味料としてもすぐれている。

それゆえ、冒険者たちの必須装備となったのだ。

「ヒッポリアス。ありがとうな」

俺もお礼を言ってから猪の肉を食べる。

独特の匂いはあるが、脂身《あぶらみ》も甘くてとてもうまい。

脂身に塩がよく合っている。

「この辺りの猪は、いいものを食べてるんだな」

「ああ、テオの言う通りだ。餌《えさ》が豊富なんだろう」

そう言いながら、ケリーもうまそうにバクバクと猪肉を食べていた。

「ヒッポリアス、ありがとな！　とてもうまいぞ」

「ああ、ヒッポリアスのおかげで、すごく助かるぞ」

冒険者たちもヒッポリアスにお礼を言う。

航海の途中から、今までヒッポリアスは大活躍だった。

それをみんなわかっているからヒッポリアスは仲間として認められている。

「きゅ」

ひと声鳴いて、ヒッポリアスは尻尾《しっぽ》を振る。

冒険者たちにお礼を言われて、ヒッポリアスもまんざらでもなさそうだ。

「ヒッポリアスも食べるといい」

俺がそう言うと、ヒッポリアスは口を開ける。

口の中に焼いた猪の肉を入れてやる。

「熱くないか？」

『あつくない、うまい』

さすが竜種。口の中も頑丈《がんじょう》らしい。猫舌ではないようだ。

そんなことをしていると、内臓の方にも火が通った。

「ヒッポリアス、内臓も焼けたみたいだぞ」

『たべる』

そう言って、ヒッポリアスは尻尾を振って大きく口を開ける。

俺は猪の内臓をヒッポリアスの口の中に入れていった。

「うまいか？　ヒッポリアス」

「きゅっきゅ」

とても、おいしそうだ。

ヒッポリアスは口の中に食事を入れてもらうことが、とても好きらしい。

そんなヒッポリアスの口にケリーが肉を入れようとすると、

「ヒッポリアス。これもくえ」

「きゅ」

ヒッポリアスは口を閉じた。

「え？　お腹いっぱいなのか？」

「きゅう」

そして俺の方を向いて口を開く。

「ケリー。どうやらヒッポリアスは俺に食べさせてほしいらしい」

「……そうなのか。なるほどなぁ」

ケリーはがっかりするでもなく、メモを取りながら言った。

「親から餌をもらうひな鳥のようなものかもしれないな」

「そんな習性があるのか？」

「カバにはないが、一部の竜にはある」

「なるほど」

海カバはやはり竜なのかもしれない。

俺はヒッポリアスの口に肉を入れながら尋ねる。

「焼いた内臓と生の内臓、両方食べてみてどっちがうまい？」

『やいたの』

「焼いた肉と生の肉は？」

『やいたの』

どうやら、ヒッポリアスは焼いた肉の方が好みらしい。

「じゃあ、焼いた内臓と焼いた肉は？」

『ないぞう』

段々ヒッポリアスの好みがわかってきた。

わかったことをケリーに教えてやると、肉をもぐもぐしながらメモを取っていた。

「もちゅもちゅ。きゅう」

それにしてもヒッポリアスはおいしそうに内臓を食べる。

そんなヒッポリアスを見ていると、内臓がうまそうに見えてきた。

ケリーはこの猪の内臓はまずいと言っていたが、毒がないとも言っていた。

よく火は通っているし、食べても害はないだろう。

「ちょっと、食べてみるか」

俺は猪の内臓をぱくっと食べてみた。

「きゅ⁉」

ヒッポリアスが、びっくりした様子で内臓を食べた俺を見る。

まるで「え、それぼくのなのに……」と言いたげである。

「すまないな。ヒッポリアス。ちょっと食べてみたくて」

俺はなだめるために、ヒッポリアスの頭を撫でた。

「……意外とまずくない。いやうまいのでは？」

「きゅ？」

まずいというのは間違いだったのかもしれない。

魔物学者であるケリーとはいえ、全ての獣を知っているわけではないのだ。

俺はじっくり猪の内臓を味わう。

いきなり強烈な臭みがきた。しかもものすごく苦《にが》い。

「……ふむふむ、うっ！」

そして、えぐみがすごい。

「まっず、すごくまずい」

「きゅぅ～」

ヒッポリアスは「言わんこっちゃない」と言いたげにこちらをジト目で見ていた。

「やっぱり、これはヒッポリアス専用だな」

この猪の内臓は人族が食べるにはきつすぎる。

だが、一度口に入れたのだから、しっかりと食べきらねばなるまい。

俺が頑張って飲み込もうとしていると、ケリーが笑う。

ケリーは俺が猪の内臓を食べはじめたときから、じっと見ていたのだ。

「こいつの内臓はまずいだろう？」

ケリーはどこかどや顔に見える。

「……そうだな、確かにまずかった」

俺は猪の内臓を何とか飲み込んだ。

そして、ヒッポリアスに内臓を食べさせながら、自分は肉の方を食べる。

「だが、自分で食べてみるのはいいことだ。何事も実際に確かめないとな」

「そういうことを言うってことは、ケリーも食べたのか？」

「もちろんだ。毒がないことがわかっているのなら、食べぬわけがない」

「そんなものか」

「それが学者だ。そういう意味ではテオも学者の素質がある」

「それはどうも」

そんなことを話しながら、楽しい夜は更《ふ》けていった。

10 上陸祝賀会

ヒッポリアスが捕《つか》まえてくれた猪《いのしし》はとても大きい。

成人男性の十人分ほどの体重がある。

内臓や骨を除いた肉の重さだけでも相当にある。

健啖家《けんたんか》の冒険者を含めた二十人がかりでも食べきれる量ではない。

俺《おれ》は、ヒッポリアスに内臓を食べさせながら自分もゆっくりお肉を食べる。

すると、ヴィクトルがやってきた。

「テオさん、余った肉は、明日以降でいいので加工をお願いします」

「明日でいいのか？　鮮度《せんど》が落ちない方がいいし、今からやろうか？」

「いえいえ、お疲れでしょうし、ゆっくりで構いません。それに魔法の鞄《マジック・バッグ》がありますから」

高級な魔法の鞄の中には品質保持の魔法がかかっているものがある。

ヴィクトルの魔法の鞄にはその魔法がかかっているのだ。

「そういうことなら、ゆっくり余裕のある時にでも加工させてもらおう」

「お願いします」

肉は毎日獲《と》れるわけではない。特に冬は食糧が不足すると予想できる。

保存食にできれば、何かと安心だ。

干し肉に加工すれば、携帯食にもできる。

本格的な調査が始まれば、冒険者たちがしばらく拠点を離れることも多くなる。

やはり、干し肉は沢山《たくさん》必要になるだろう。

「どういう加工がいい？　全部干し肉っていうわけにもいくまい」

「そうですね……。ハムなども食べたいですね」

「ハムか。悪くない」

「干し肉ほどカリカリにしない程度の燻製《くんせい》にするのもいいですね」

「ああ、あれもうまい」

だが、ハムも燻製も、おいしく作るには、色々な材料が必要だ。

材料を採取できるかが鍵《かぎ》になる。

「まあ、加工は材料が集まるかどうか次第だな。ゆっくりやろう」

「ですね」

品質保持機能のある魔法の鞄さまさまである。

食肉加工の道具を作るよりも井戸掘りや家具製作の方が優先かもしれない。

そんなことをヴィクトルと話しながら肉を食べているとお腹《なか》いっぱいになった。

冒険者たちも、みんなお腹がいっぱいになったようで、ゆっくりしている。

冒険者たちと学者連中は、楽しそうに船から運び出したお酒を呑《の》んでいた。

長い航海をする際は、お酒を沢山船に積むのが普通である。

真水は腐りやすいので、水の替わりに酒を積むのだ。

魔法の鞄に水を入れればいいと思うかもしれないが、容量は無限ではないので仕方がない。

ヴィクトルが皆に優しく言う。

「あまり呑みすぎないようにしてくださいね」

「わかっているさ！」

「だけど、上陸して最初の夜なんだ。少しぐらい羽目《はめ》を外してもいいだろう？」

「ヴィクトルの旦那もどうだい？」

「めでたい夜ですぜ？　呑みましょうや」

冒険者たちに勧められて、ヴィクトルは微笑《ほほえ》む。

「じゃあ、もらいましょうか」

「そうこなくっちゃ」

ヴィクトルは冒険者たちにお酒を注《そそ》がれると、うまそうに呑みほした。

「やはりうまいですね」

「さすが旦那。もう一杯どうぞ」

ヴィクトルはドワーフである。

ドワーフには大酒呑《おおざけの》みが多い。そしてヴィクトルも例外ではない。

航海中は他の冒険者の範となるよう酒をあまり呑まないようにしていたのだ。

「ヴィクトルは本当にうまそうに酒を呑むんだな」

「まずそうに呑むのは酒に対する冒とくです」

「テオさんもどうだい？」

するのと冒険者の一人が酒を持って俺の方に来る。

普段俺はあまり酒を呑まない。だが記念すべきめでたい夜だ。

「一杯だけもらおうか」

「遠慮せずに、沢山呑んでくれよ！」

そして、改めて皆で乾杯する。

夜が更けると、徐々《じょじょ》に皆が宿舎へと帰っていく。

部屋割りは、俺が建築作業をしている間にヴィクトルが済ませてくれていたらしい。

冒険者たちは沢山お酒を呑んだようだ。

ふらふらしている者がほとんどだ。

とはいえ、冒険者は全員が一流だ。正体をなくすほど酔った者は一人もいない。

皆、自分の足で歩いて宿舎に向かう。

一番酔っていたのは地質学者だ。

自分で歩けない状態で、ヴィクトルに支えられて宿舎に戻っていった。

ちなみに部屋割りはヴィクトルと三人の学者が同じ宿舎になっている。

「さて、俺たちもそろそろ寝るか」

「きゅ」

俺はヒッポリアスの家へと向かう。ヒッポリアスは尻尾《しっぽ》を振って先導してくれた。

宿舎には俺用の部屋もあるが、当面は使うことはなさそうだ。

物置にでもしておけばいいだろう。

「きゅう！」

ヒッポリアスは口で扉を開けると、どや顔でこっちを見てくる。

自分でしっかり扉を開けられたとアピールしているのだろう。

「お、開けてくれてありがとう」

俺はヒッポリアスを褒《ほ》めて、頭を撫《な》でてから家へと入った。

家の中は真《ま》っ暗《くら》だ。

ランタンはあるが、今日は寝るだけ。つけたら燃料がもったいない。

「きゅっきゅ」

ヒッポリアスは部屋の隅っこに行くと横になって丸くなる。

そして、ゆっくり尻尾を揺らしながらこちらを見た。

早く一緒に寝ようと言っているのだろう。

「じゃあ、寝るか」

「きゅ！」

俺はヒッポリアスの横で眠ることにした。

11 深夜の来訪者

板の床の上で横になる前に、俺《おれ》は魔法の鞄《マジック・バッグ》から毛布《もうふ》を取り出す。

長い間、それこそ魔王討伐《とうばつ》の冒険中から使っていた毛布である。

過酷な冒険では、野宿が基本なのだ。

だから、毛布も分厚《ぶあつ》くて大きい。雨に降られたときのために撥水《はっすい》加工も施《ほどこ》してある。

「板の下は石だからな。体温を奪われる」

「きゅ」

「ヒッポリアスは寒くないか？」

『さむくない』

やはり分厚い脂肪があるから体温の保持は得意なのかもしれない。

海の中で暮らしていただけのことはある。

俺が敷いた毛布の上に横になると、ヒッポリアスが寄ってくる。

大きな身体と尻尾《しっぽ》で俺を囲むような位置取りだ。

ヒッポリアスの大きな鼻先は俺の顔の近くである。

「ふーっふんっふん」

ヒッポリアスの鼻息が俺の顔にかかった。

「よしよし」

俺はヒッポリアスのことを撫《な》でる。

ヒッポリアスをテイムしたのは結構前だが、一緒に寝るのは初めてだ。

俺は船上、ヒッポリアスは海上で眠っていたからだ。

ヒッポリアスをテイムしてから今までずっと観察してきてわかったことがある。

ヒッポリアスは甘えん坊で寂《さび》しがり屋なのだ。

ケリーはヒッポリアスはまだ子供だと言っていたが、きっとそうなのだろう。

「ヒッポリアス、今日もすごく頑張《がんば》ってくれたな」

「きゅう！」

「ありがとうな！」

今まで寂しい思いをさせた分、めいっぱい可愛《かわい》がってやろう。

俺は褒《ほ》めながら、わしわしとヒッポリアスを撫でまくる。

「冬に備えて、みんなとヒッポリアスの寝床と毛布を作るべきだな」

冒険者たちは俺と同様に、自前の毛布は持っている。

冒険に毛布は必須だからだ。

だが、冒険者たちもさすがにベッドは持っていない。

冒険者たちの快適な睡眠のためにも、急いで作らねばなるまい。

「井戸も作らないとだし、製作しないといけないものは沢山《たくさん》あるなぁ」

照明器具も作って各部屋に配りたい。

照明があれば、夜の活動がはかどるようになる。

夜に活動しないとしても、照明なしでは日没後は寝るぐらいしかやることがなくなる。

「日没と同時に眠り、夜明けとともに起きるというのもありなのか……」

そう考えてから、「いやなしだな」と思いなおす。

夜間に行動する必要にかられるときが、きっと来るに違いない。

照明器具を配るとなると燃料が問題になるが、木材を使えば何とかなるだろう。

燃料で思いだしたが、冬までには各家に暖房も用意したい。

暖炉《だんろ》を作るならば、同時に煙突《えんとつ》も作らなければならないだろう。

「屋根に穴をあけて……。いや煙突は壁から出した方がいいな……」

今後製作する物に思いをはせると楽しくなってくる。

「とはいえ、優先順位をしっかり考えないとな」

特に暖房などは冬までは無用の長物である。

優先順位は、あとでヴィクトルと相談して決めよう。

そんなことを考えていると、ヒッポリアスが寝息を立てはじめた。

「ぷぴーーっぷしゅー」

「……俺もそろそろ寝るか」

俺はヒッポリアスを撫でて、ゆっくりと眠りについた。

◇◇◇

真夜中。俺は気配を感じて目を覚ました。

起きてすぐに窓から外を見る。

星の位置から判断するに眠ってから五時間ぐらい経《た》っている。

夜明けまではまだ三時間ぐらいありそうだ。

「……むぅ？」

その気配は、仲間である冒険者たちや学者たちとは違う。

家の外を、知らない何者かが静かに歩いているのだ。

「殺気は感じないし……」

俺たちを害そうとしたり、ましてや殺そうとしているわけではなさそうだ。

とはいえ、俺は非戦闘職。

修羅場《しゅらば》をくぐってきたから、肌感覚でなんとなく殺気がわかるだけ。

かつてパーティーメンバーだった勇者や戦士たちのように、超人的な感覚は持っていない。

つまり、俺は自分の感覚をあまり信用していないのだ。

（強い奴《やつ》ほど気配を隠すのがうまいし、殺気をごまかすのもうまいからな……）

勇者など、殺気を微塵《みじん》も出さずに魔神《デーモン》を斬《き》り捨てたりしていた。
すぐ隣にいた俺は、何が起こったのか一瞬わからなかった。
斬り捨てられた魔神ですら、きょとんとしていたほどだ。
(きょとんとする魔神を見る機会なんて、これからはないんだろうな)
少しだけ、感傷に浸ってしまった。
勇者たちとの旅を思い出して、懐かしく思う。
死闘を繰り広げていた壮絶な暮らしを懐かしむことがあるとは当時は思わなかった。
そのとき、
「ぷぅ〜しゅぅ〜」
ヒッポリアスが間の抜けた寝息? いや寝言を言う。
もしかしたら、寝言でなく海カバのいびきなのかもしれない。
「ふふ」
ヒッポリアスの鳴き声が可愛すぎて、少し笑ってしまった。
それにしても、ヒッポリアスは警戒心が薄い。
俺ですら気付いた気配に、まるで気付く様子がない。
野生を失っているのだろうか。それとも強者の余裕だろうか。
「子供だから仕方ないか」
俺は窓にそっと寄る。そして慎重に外をうかがった。

「………あれはなんだ？」

拠点の中央、肉を焼いたかまどの近くに四つ足の影が二つ見えた。


今夜は新月だ。だから外はほとんど真っ暗である。

星明りだけを頼りに、窓の外を広く観察する。

やはり、外にいるのは二つの影だけのようだ。

二つの影のうちの一つは俺にもすぐにわかる。

魔力を漂わせた狼《おおかみ》、つまり魔獣の狼である魔狼《まろう》だろう。

人族の大陸にも魔族の大陸にも魔狼はいる。

単体でも強力な魔物だが、群れになると戦闘力が跳《は》ね上がる。

優秀なボスに率《ひき》いられた魔狼の群れならば、Aランクのパーティーでも全滅しかねない。

（一頭は魔狼として、……もう一頭が何かわからんな）

最初は魔狼かと思った。

狼と同じ耳と尻尾が生えていたからだ。だが、体形が狼とは違う。

ほとんどの毛がはげてしまっている。

（何かの病気になった魔狼なのだろうか？）

謎《なぞ》の生物の身体は魔狼よりかなり小さい。

その魔狼の子供かと一瞬思ったが、その可能性は少ないだろう。

魔狼は体高〇・八メトル、体胴長一・五メトルぐらいだろうか。

狼なら大きい個体だ。だが、魔狼ならば幼体の大きさである。

個体差は大きいものの、魔狼ならその倍近く大きくなる奴もいるぐらいだ。

魔狼はまだ子供を作れるほど成長していないのだ。

もちろん、新大陸の新種の魔狼である可能性はある。

それは魔物学者のケリーに聞かねばわかるまい。

(魔狼の子でないということは、魔狼の弟妹《ていまい》かもしれないな)

だが、魔狼が幼体だけで行動することは普通はありえない。

単独で、いや今回は二頭だが、群れから離れて行動するのは群れから追い出された個体。

魔狼が幼体を群れから追い出すことは考えにくい。

(……群れが幼体二頭だけ残して、全滅したか?)

それならありうるかもしれない。

そして、その場合、魔狼の群れを壊滅させる何かがいるということになる。

色々と警戒しなければなるまい。

(とりあえず、直接話を聞いてみるか)

俺にはテイムスキルがある。

知能がある程度高い魔物ならば、言語を解さない相手でも意思の疎通ができる。

俺は「ぷすーぷすー」と寝息を立てているヒッポリアスを置いて家を出る。

気配を消し、音を立てないようにして近づいていく。

俺は勇者パーティーの非戦闘職なので気配を消すのは得意である。

強敵と戦う時、足手まといにならないよう、気配を消して姿を隠してきたからだ。

魔狼は気配を察知するのがうまい魔獣ではある。

だが上級魔神《アークデーモン》や不死者の王《ノーライフキング》ほどではない。

俺は気配を察知されることなく、魔狼へと近づいていく。

接近してわかったことだが、毛の生えていない生物は、やはり魔狼ではなさそうだった。

「がふがふがふがふ」

「はむはむはむはむ」

近づいてみると、二頭は一心不乱に、俺たちの食べ残しを食べていた。

食べ残しというよりも、生ごみと言った方がいいだろう。

猪《いのしし》の骨とか内臓の余った部分。焦《こ》げてしまった肉の切れはしなどだ。

二頭は随分とお腹《なか》が空いているようだ。

いい匂《にお》いがしたので、寄ってきたのだろう。

食べ残しをきちんと処理しなかったこちらの落ち度である。

みんな呑《の》みすぎたせいで、後片付けが適当になってしまったのだ。

冒険者としてあるまじき失態である。

俺はテイムスキルを発動すると、一心不乱に食事している二頭相手に対話を試みる。
『俺は敵ではない』
あえて声には出さずに呼びかけた。
テイムスキルはこういうこともできるのである。
声を出さなかった理由は、ヒッポリアスや他の冒険者を起こさないためだ。
他の冒険者はともかく、ヒッポリアスが出てきたら魔狼たちを怯《おび》えさせてしまう。
だというのに、「ぎゃう！」と魔狼の方が驚いて、飛び跳《は》ねると姿勢を低くする。
完全に怯《おび》えた様子でこちらをうかがう。
だが、「がう？」謎の生物の方は不思議そうに魔狼の方を見ている。
まるで動じる様子がない。
身体は小さいのに「肝《きも》が太いのだな」と思いかけたが、
「……がっぎゃっぎゃあ！」
魔狼の視線を追って、俺を見ると一目散に逃げだした。
魔狼も一緒に駆け出そうとする。
『ちょっと待ってくれ』
「……がう」
俺が呼びかけると魔狼は足を止めた。
だが、謎の生物は足を止めずに逃げていった。

（なに？）
俺は心底驚いた。
魔狼が足を止めたのは、テイムスキルによる強制力の結果だ。
俺のテイムスキルには対話することを強制する力がある。
高位竜種などには通じないが、普通の魔物には通じる。
とはいえ強制といっても、ごく短時間、足を止めさせたり、落ち着かせたりする程度。
何か労働させるなどといったことは不可能だ。
（あいつが高位竜種並みとは思えないが……）
ともあれ謎の生物には強制力が働かなかったのは事実。
そして、逃げられてしまったのは仕方がない。
気を取り直して、俺は魔狼に話を聞くことにした。
『俺には敵意はないよ』
「…………」
まず強制力で落ち着いている間に、俺が敵ではないと知らせる必要がある。
そうしないと、強制力が切れた瞬間逃げられてしまうからだ。
『俺は君たちを傷つけたりするつもりはない』
言い含めるように、もう一度言う。わかってくれるまで何度も繰り返す。
害意がないことを知ってもらうのが、テイムスキルにおいて、一番大切なのだ。

何度か繰り返すと、魔狼からわかったという意思が伝わってきた。

敵意がないことを理解してもらったとはいえ、魔狼は完全に警戒を解《と》いたわけではない。

姿勢を低くして、こちらをうかがっている。

『ここで何をしていたんだ？』

「……」

警戒しながらも答えてはくれた。

魔狼たちは、やはり匂いにひかれてご飯を食べにきたらしい。

お腹が空いていたのだろう。

よく見たら、魔狼は痩《や》せていた。

今後は残飯処理は適切に行わなければなるまい。

魔熊《まくま》などを呼び寄せたらとても厄介《やっかい》だ。

『そうか。それはいいんだが、群れのみんなはいないのか？』

「…………」

群れはいないという言葉が伝わってくる。

どうやら魔狼たちは二頭で活動しているらしい。

『どうしていないんだ？』

「…………きゅおん」

魔狼は悲しそうに鳴く。

みんな熊にやられてしまったらしい。

魔狼の群れを狩るとは、ただの熊ではないのは明らかだ。

魔獣の熊、魔熊《まくま》だろう。

しかも、魔熊のなかでもかなり強力、凶悪な奴に違いない。

魔熊にとっても、魔狼の群れは侮《あなど》れない相手。

餌《えさ》が不足した環境では、魔狼の群れに狩られる魔熊すらいるぐらいだ。

にもかかわらず、魔狼の群れを狩るとは、余程強い魔熊だということ。

そして、昨日ヒッポリアスは猪を狩っていた。

ヒッポリアスが一頭で食べた猪と、俺たちのために持ってきてくれた猪。

合計二頭の猪をヒッポリアスは捕まえた。

いくら強い魔熊でも、通常猪がいる状態で魔狼の群れに手を出すことはない。

それに魔狼の肉はあまりおいしくないのだ。

俺が食べたわけではない。昔テイムした魔物に聞いた。

おいしくない強力な魔狼を襲うとは、よほど好戦的で凶悪な性格をした魔熊なのだろう。

あまりに好戦的だと、テイムが難しいので厄介だ。

反抗心をねじ伏せなければならないからだ。

テイムの基本は魔物に「テイムされてもいいかな」と思わせることだ。

俺はさらに、進んで「テイムされたい」と思わせようと努力している。

そうでなければ信頼関係を築くことが難しい。

(熊はテイムするよりも討伐《とうばつ》した方がいいかもしれないな)

魔熊退治は難しいが、ヴィクトルならやれるだろう。


魔熊のことは後で考えるとして、今は魔狼のことである。

『逃げていったあいつは何者なんだ？』

「……」

『そうか、仲間なんだな。群れの仲間か？』

「…………」

『狼には見えなかったが……。何かの病気か？』

「…………」

魔狼が言うには、謎の生物と狼は血縁関係にあるわけではないとのことだ。

赤ん坊のころに、魔狼の群れに拾われたらしい。

だが、魔狼は大切な仲間だと思っているとのことだ。

「…………」

『そうか』

魔狼が言うには、謎の生物は身体が弱くすぐ体調を崩すのだという。

それに鼻も鈍く、どんくさくて狩りが下手《へた》らしい。

だから自分がしっかり守ってやらなければならないと思っているようだ。
『お前は偉いな』
仲間思いの奴は好きだ。それに信用できる。
人も魔物もそこは同じだ。
『お前たちも俺たちの仲間にならないか?』
「…………」
魔狼は俺のことを、今もまだ警戒している。
だが、仲間になるという言葉に魅力も感じているようだ。
群れが謎の生物と自分を残して全滅してしまったのだ。
そして自分は幼いし、謎の生物は弱くてとろい。
恐ろしい人の匂いにかかわらず残飯《ざんぱん》をあさりに来るぐらいだ。
餌も満足に確保できていないのだろう。
『俺たちと協力すれば、餌も安定して確保できるぞ』
「…………」
『お腹いっぱい食べたくないか?』
「……」
魔狼は迷っている。もう一押しというところだ。
『暖《あたた》かい寝床も用意できる』

「…………」

『逃げたあいつも、食べ物と寝床があれば身体も壊さないんじゃないか？』

「……！」

謎の生物の保護を持ち出すと、魔狼は大きく心を動かされたようだ。

やはり仲間思いの魔狼である。

『俺がお前に名前と魔力、そして寝床と飯をやる。敵が襲ってきたら一緒に戦ってやろう』

「…………」

『かわりに俺の命令に従ってもらう。いいか？』

「……」

魔狼から了承が得られた。

『ありがとう』

さっそく俺は名前を考える。

魔狼の特徴を観察する。毛並みは薄汚れてはいるが白い。

そして、痩せている。ガリガリだ。

痩せている狼。昔の言葉で餓狼《がろう》を意味するフェタルはどうだろうか。

いや、すぐ太るはずだ。毛並みの色から考えた方がいいかもしれない。

『……名前はシロでどうだ？』

「……」

魔狼は名前を気に入ったようだ。

『じゃあ、魔力回路をつなげるぞ。痛くないから安心してくれ』

俺は手のひらに魔力を集めて、魔法陣を作りはじめた。

そして魔狼の鼻先にかざす。

「我、テオドール・デュル――」

「うがぁあああ！」

詠唱《えいしょう》の途中で俺は真横から体当たりされた。

「おぉっ?」

完全に虚《きょ》を突かれた。

タックルを食らって、俺《おれ》はよろめく。詠唱《えいしょう》も中断されてしまった。

「いうがああ!」

雄《お》たけびを上げながら、俺に体当たりしてきたのは謎《なぞ》の生物だった。

身体《からだ》が小さいわりに、速さは素晴《すば》らしい。

だが、体重が軽く、力も弱い。

食らった俺にも全くダメージは入っていない。

「うがうがっ!」

一生懸命、俺に噛《か》みつきながら拳《こぶし》で力いっぱい殴ってくる。

魔狼《まろう》の鼻先に俺が魔法陣を近づけたのを見て、魔狼がやられると思ったのだ。

だから、必死になって突っ込んできたのだろう。

「まあ、落ち着け」

「ぐうう」

謎の生物は尻尾《しっぽ》を股《また》に挟み、ぶるぶる震えている。

命がけの決死の突撃だったのだろう。

「どうどう、落ち着け」

「がるるる」

俺が優しい声を出しても、聞く耳を持たない。

「がぅ」

「がる………」

だが、魔狼がひと声小さく吠《ほ》えると、大人しくなった。

魔狼が落ち着けと言ったのだろう。

謎の生物は二足歩行で俺から離れると魔狼の方に寄って抱きしめる。

魔狼は謎の生物の顔をぺろぺろ舐《な》めた。

俺は謎の生物を改めてじっくり観察する。

いままで、見たことのない生物である。

耳と尻尾は狼そっくりだ。

だが、それ以外は人族にそっくりなのだ。

人族にも魔族にも、狼の耳と尻尾を持つものはいない。

少なくとも、人族と魔族の大陸にはいなかった。

果たしてこの生物は狼なのか、人族なのか。

俺には判別がつかなかった。

『いいから落ち着け』

テイムスキルで謎の生物に呼びかけてみる。

「ふしゅー、ふしゅー」

だが、謎の生物からは意思が流れ込んでこない。

テイムスキルが全く効いていない。

（だから最初に呼びかけたときにも逃げられたのか。それにしても……）

テイムスキルが効かないということは重要だ。

テイムスキルが失敗したのではない。無効なのだ。

（人族、もしくは魔族ということか）

人族と魔族、つまり人にはテイムスキルは効果がない。

竜ですらテイムした俺にとっても、人をテイムすることは不可能である。

つまり、俺のテイムが無効ということは、狼の耳と狼の尻尾を持った人ということになる。

（新大陸ではじめての人との出会いがこういう形とはな）

特殊すぎる出会いだ。

きっとこの子供も特殊な環境で育っている最中に違いない。

（それはともかく、対話だよな）

テイムスキルが効かないのなら、声で呼びかけるしかない。

「俺は、お前たちを、いじめるつもりはないんだ」

優しく笑顔で、ゆっくりと一人と一頭に呼びかける。

「……がるるる」

「……がぅ」

狼耳の子供は俺を警戒している。

だが、魔狼の方は俺のことをだいぶ信用してくれているようだ。

狼耳の子供に殴られても反撃しなかったから、魔狼は信用してくれたのかもしれない。

「俺は、お前たちを、いじめるつもりはない」

「……ぐるぅ」

狼耳の子供にはテイムスキルが通じていない。

だから俺の言葉が理解できているかもわからない。

そういう場合大切なのは表情と口調である。

何度もゆっくり、優しい口調で俺は敵ではないと言い聞かせる。

だが、狼耳の子供の警戒はなかなか解けない。

よほど苦労してきたのだろう。

魔狼の方が落ち着かせようとするかのように、狼耳の子供の顔を舐めたりしている。

「……ちょっと待っていてくれ」

説得は難しいと思った俺は一言告げて、その場を離れる。

テイムスキルも使っているので、魔狼には意味は伝わっているはずだ。

狼耳の子供が逃げようとしても止めてくれるだろう。

俺は急いでヒッポリアスの家に戻って、魔法の鞄《マジック・バッグ》を手に取る。

「ぷしゅー……ぴゅしゅ」

ヒッポリアスはまだ寝息を立てていた。

(狼耳の子供が結構騒いでいたんだがな……)

ヒッポリアスは大物なので仕方がない。

俺は魔法の鞄を手にすると、急いで魔狼と狼耳の子供の元に戻った。

「………」

「……がるる」

魔狼が逃げようとする狼耳の子供の背中辺《あた》りの服を噛んで止めていた。

そう、実は狼耳の子供は全裸ではないのだ。

服と言っていいのかわからないほどボロボロな木の皮か何かを身体《からだ》に巻いている。

体毛が生えていない狼耳の子供をかわいそうに思った魔狼たちが用意したのかもしれない。

魔狼は魔物の中でも知能が高い部類に入る。

肉球と爪《つめ》と牙《きば》では加工は難しいが、木の皮をはがしたりはできるだろう。

木の蔓《つる》でくくるのは、子供自身がやったに違いない。

「お腹《なか》が減っているんだろう？　とりあえずご飯をあげよう」

「がる…………る？」

子供がびくりとした。

ご飯という言葉が伝わったのだろうか。

俺は魔法の鞄から、夕食の残りの焼いた肉を取り出すことにする。

朝ご飯にみんなで食べようとしていたものだ。

俺は全ての動作を大きく、そしてゆっくりにする。

警戒中の子供と魔狼に、俺が何をしているのか、わかりやすくするためだ。

まず魔法の鞄から木の皿を取り出して、下に置く。

それから、ゆっくりと焼いた肉を取り出して皿の上に載せた。

子供は肉を凝視《ぎょうし》していた。よだれがこぼれている。

「食べていいよ」

そう笑顔で言ってから俺は後ろに下がって距離を取る。

後ろに下がる動作も非常にゆっくりにする。

肉から湯気が立っている。

俺の魔法の鞄には時間停止の魔法がかかっているので、肉は熱々なのだ。

「食べていいぞ」

俺はそう繰り返す。

「…………」

子供はよだれをたらしながら、俺と肉を交互に見る。

そうしてから魔狼を見た。

「わふ」

魔狼は小さく吠える。

テイムスキルのおかげで、魔狼の言葉はわかる。子供に大丈夫だよと伝えているのだ。

そして魔狼はゆっくり動いて皿の前に進み、肉を少し食べた。

「がふ……。わふ」

自分が食べてから、子供にも食べろと促《うなが》している。

そこでやっと子供が動く。

肉に近づくと、狼と同様に皿に口をつけて、がつがつと食べはじめた。

「あまり急いで食べない方がいい。火傷《やけど》するぞ」

「がふがふがふ」

だが、子供は食べる速度を緩《ゆる》めない。よほどお腹が空いていたのだろう。

俺はもう一つ皿を出して、肉を出す。

最初の肉を食べ終わるまでに、少しでも冷ますためだ。

「沢山《たくさん》あるからゆっくり食べなさい」

「がふがふがふがふ……がふ」

食べ終わると次の皿に向かう。

結構な量を出したのに食べるのが速い。子供の割にかなり大食いだ。

食べすぎかもしれないが、お腹が減っていたのなら仕方がない。

お腹いっぱいになるまで食べればいい。

「お前も食べるといい。いっぱいあるからな」

そう言って、魔狼にも肉を与える。魔狼の方は生肉でいいだろう。

皿の上に載っけると、魔狼もガフガフ食べる。

俺は一人と一頭の食事を邪魔《じゃま》しないように静かに待った。

俺はそんな子供と魔狼を観察する。

子供はどうやら、女の子のようだった。

出した肉を全部食べると、魔狼と子供は大人しくお座りの体勢になった。

「もういいのか？」

「はらいぱい」

「そうか。それならよかった……って、お前言葉わかるのか？」

「すこし」

俺は少しだけ驚いた。

片言《かたこと》で発音はおかしいが、確かに人の言葉で話している。

新大陸でも言葉が通じるのは、実は別に不思議でもなんでもない。

人の使う言葉は言語神が作って人に授《さず》けたものだ。

大陸が違っても人族や魔族ならば、基本的に通じる。

地方ごとに方言のようなものはあったとしても、意思の疎通が可能な程度の差異しかない。

言語が通じるということは、狼耳尻尾の子供が確かに人であるということの傍証《ぼうしょう》にもなる。

俺は改めて笑顔で子供に話しかける。

「俺が魔狼にしようとしていたことは、攻撃じゃないんだ」

「あぅ？」

俺は何をしようとしていたか子供に簡単に伝えることにした。

テイムとか言ってもわかるまい。極々簡単に説明しなければならない。

「俺は魔狼と仲間になろうって話をしていたんだ」

「……わかた」

「お前もどうだ？　仲間にならないか？」

「なかま……」

「ご飯もわけてやれるし……」

「ごはん！」

「あったかい寝床も用意してやれるぞ？」

「ねどこ！　ふむぅ、どする？」

そう言って、子供は魔狼と相談を始めた。

「がうがう」

「ふむむ」

「がぅ」

「わかた」

そして子供は俺をじっと見る。

子供の大きさ的に五歳ぐらいだろうか。

飢《う》えていたから、成長不良と考えると、もう少し年齢は上かもしれない。

どちらにしろまだまだ幼児だ。

「おれ、なかま、なる」「がう」

子供と魔狼が仲間になることを了承してくれた。

「よかった。これからよろしくな。ということで、魔狼をテイムしていいか?」

「わぅ」

魔狼はいいと言っているが、子供はテイムが何かわからないようだ。

テイムスキルの第三段階に進むこと、つまり従魔化することが狭義のテイムである。

一般的にテイムすると動詞で使う場合、狭義のテイムを指すことが多い。

「簡単に言うとだな。力を貸しやすくなる」

魔力回路がどうとか言ってもわかるまい。

だから、正確さを犠牲にしてわかりやすさを重視して説明する。

「わかた」

俺の説明を聞いて子供も納得してくれたので、やっと魔狼をテイムできる。

そしてテイムする際には名付けが必要だ。

魔狼には先ほど了承を取ったが、仲間である子供にも意見を聞いた方がいいだろう。

そう思って俺は尋ねることにした。

「……魔狼にはシロっていう名前を付けようと思っていたんだが構わないか？」

「いい。しろ！」

子供も了承してくれた。

どうやら、子供はシロという名前も気に入ったようだ。

「しろ」

「わふぅ」

「しろ！」

「わふわふ！」

子供はシロって呼びかけながら、魔狼をモフモフと撫《な》でまくった。

子供もシロも尻尾をビュンビュン振っている。

すごく嬉《うれ》しそうで、楽しそうだ。

だが、もう夜も遅い。さっさとやることをやって寝るに限る。

子供も魔狼もまだ小さいのだ。夜は寝た方がいい。

「早速テイムさせてもらってもいいかな？」

「わかた」

子供は、先にお座りしていた魔狼の隣に座る。

子供もシロも犬のお座りの体勢だ。横に並ぶと、とても可愛《かわい》い。

「じゃあ、いくぞ」

「……」

俺は右の手のひらに魔力を集めて魔法陣を作り出す。

その魔法陣を魔狼の鼻先にかざす。

「我、テオドール・デュルケームが、汝にシロの名と魔力を与え、我が眷属《けんぞく》とせん」

ヒッポリアスの時と同じように魔法陣が輝……くことはなかった。

魔狼からの応答もない。

「………わふ？」

「あれ？」

当の魔狼が困惑している。そして俺も困惑した。

13 子供のスキル

テイムの失敗。

いや、魔法陣が発動すらしていない。無効化を食らった感じだ。

こんなことは初めてである。俺《おれ》は高位竜種すらテイムしてきた。

そしてテイム対象の魔狼《まろう》からは合意を取り付けている。

付ける名前も気に入ってもらった。

俺の手に余る魔物である場合は魔法陣による契約が発動しない可能性はある。

だが、いくらなんでも魔狼が高位竜種以上ということはないだろう。

「何があったのだろうか……」

俺は魔狼に近づいてよく見てみる。

「くぅーん」

魔狼は怒られると思ったのか、甘えるような声を出している。

子供は不安そうに尻尾《しっぽ》を股《また》に挟んでいた。

「怒ってないから大丈夫だよ」

そう優しい声音《こわね》で語り掛けながら、魔狼に直接触れて確かめる。

モフモフしている。痩《や》せ気味で、泥などにまみれていた。

だが、手入れをすればいい毛並みになるだろう。

いや、今は毛並みはどうでもいい。

テイムスキルが失敗した理由を探さねばならない。

俺は魔法的痕跡《こんせき》を探《さぐ》るために魔狼に向けて鑑定スキルを発動させる。

「ふむ？　……あれ？」

魔力を感じた。

鑑定で、生きている生物を調べることはできない。

生きている生物っていう言い方はおかしな気もする。

だが、死んだ生物なら鑑定スキルを使うことは可能なのだ。

死骸《しがい》と区別するためには、生きている生物という言い方も止《や》むをえまい。

それはともかく、生きている生物を調べるには鑑定スキルではなく、別の魔法が必要になる。

だから生きている魔狼を鑑定して、魔狼の魔力を感じ取ることはない。

にもかかわらず、鑑定をかけて魔狼から魔力を感じた。

ということは、何者かが魔狼に魔法的何かを付与してあるということだ。

それも俺のテイムスキルを妨害、いや無効化するほどの魔法的何かである。

どれだけ高位の魔法なのだろうか。

「いや、さすがにそれは考えにくいよな……」

失敗するにしても妨害と無効化では大きく違う。

発動して失敗させるのが妨害、発動すらさせないのが無効化だ。

高位魔導師ならば、俺のテイムスキルを妨害することはできるかもしれない。

だが、無効化はさすがに難しかろう。

勇者パーティーで一緒だった賢者でも、できなかったことだ。

「魔法ではないならばスキルか」

スキルでも並みのスキルでは無効化はできまい。

とてもではないが、そのようなスキルは……。いや一つあった。

テイムを無効化するには、テイムである。

俺がテイムするよりも先にテイムされていたら、上書きすることは不可能だ。

俺は魔狼を撫《な》でる。

「シロは俺の従魔、眷属《けんぞく》にはなれないみたいだ」

「……きゅーん」

魔狼は不安そうに鳴く。

子供はまだ不安そうに尻尾を股に挟んでいる。

「大丈夫。従魔ではなくても仲間だからな」

魔狼だけでなく子供の頭を撫でる。すると子供は気持ちよさそうに目をつぶった。

頭を撫でられて落ち着いたのか、子供が首をかしげて口を開いた。

「どして」

「ん？　どうして従魔にできないのかってことか？」

「そ」

「そうだな。お前が先にテイムしてしまったからだ」

「あぅ？」

子供とシロがきょとんとして、同時に首をかしげる。

とても可愛《かわい》い。

「シロって名前を考えたのは俺だが、呼びかけながら触れたのはお前が先だ」

「ぅ？」「がぅ？」

子供もシロもわかっていなさそうだ。

わからなくても無理はない。

どうやら、子供はテイムスキル持ちだったのだ。

スキルは生まれつき与えられる天性のもの。

スキルを持っていることに気が付いていないこともある。

「名前を呼んで触れたことでテイムスキルが発動したんだろう」

普通はあり得ないことではある。

だが、子供とシロは深い信頼関係と絆《きずな》で結びついている。

何の抵抗もなく、するりとテイムできてしまったのだろう。

「とはいえ、詠唱《えいしょう》もなしにとはな」

子供はテイムの天才かもしれない。

俺がテイムする時に使う詠唱は、テイムに必須なものではない。

だが、スキルの魔力消費を抑え、従魔との結びつきを強め、成功率を上げることができる。

詠唱もなしに名前を呼んで撫でただけで、テイムできたのはすごい。

いくら深い絆で結びついていたとしてもだ。

「お前、いや、お前と呼ぶのは不便だな。名前はあるのか？」

「ない」

「そうか。俺が名前を考えてもいいか？」

「いい」

真面目《まじめ》に考えねばなるまい。

しばらく考えて、いい名前を思いついた。

「フィオってのはどうだ？」

フィオというのは、昔話に出てくるテイマーの名前だ。

「ふぃお！　おれふぃお」「わぅわぅ」

フィオは嬉《うれ》しそうに尻尾を振った。

シロも祝福するかのように、フィオの顔をぺろぺろ舐《な》めている。

喜んでもらえてよかった。

フィオとシロの名前が決まったところで、改めて説明する。

「フィオ。どうやら、シロはフィオの従魔になったようだ」

「じゅーま」

「まあ、仲間ってことだ」

「なかま！」「わふ」

「フィオ。疲れたりしてないか？　眠くないか？」

テイム時には魔力を持っていかれる。

フィオに魔力と言ってもわかるまい。だから疲れていないか聞いたのだ。

魔力を持っていかれると、疲れて眠くなる場合もある。

「ねむい！」

「そうか、じゃあ寝ようか」

俺はフィオとシロを連れて、ヒッポリアスの家へと向かう。

すると、横から声を掛けられる。

「解決しましたか？」

「さすがはヴィクトルだな。気配を消すのがうまい」

「とはいえ、テオさんは気付いてたでしょう？」

「そりゃ、まあ」

ヴィクトルはテイムを邪魔しないように静観してくれていたのだろう。

「ふーっふーっ」「うーっ」

フィオとシロが警戒して身を低くして唸《うな》る。

「安心しろ。ヴィクトルも仲間だよ」

「……わかた」「わぅ」

「一部始終は見ていただろうが、詳しいことは明日の朝に話そう」

「はい、おやすみなさい」

そして、俺とフィオとシロはヒッポリアスの家へと向かったのだった。

家の中に入る前に、フィオとシロに言う。

「中にはヒッポリアスという仲間がいる。俺《おれ》の従魔だ」

「ひぽ？」

「そうだ。でかくて強い奴《やつ》だが怖くないから、怯《おび》えなくていい」

「ふぃお、こわくない」

フィオもシロも、堂々と尻尾《しっぽ》をピンとたてている。

「じゃあ、扉を開けるが、びっくりするなよ？」

「わかた」「あぅ」

俺は扉をゆっくりと開ける。

家の中から空気が流れ出てくる。

「「きゅーん」」

途端にフィオとシロは後ろに跳《と》んで、尻尾を股《また》に挟む。

ブルブル震えているようだ。

ヒッポリアスはまだ幼体であるが高位竜種である。

普通の魔獣はこうなる。

だが、人で、かつ姿を見ていないフィオまで怯えるのは想定外だ。

フィオは、人の割には鼻がいいのかもしれない。

「怯えなくていいって言っただろう？　仲間だからな」

「わかてる」「わぅ」

「じゃあ、入るぞ。ついてこい」

俺が中に入ると、震えながらもフィオとシロもついてくる。

「ぷしゅーしゅぴ」

「……ヒッポリアスは起きる気配皆無《かいむ》だな」

先ほどまでとはヒッポリアスの姿勢が変わっている。

仰向《あおむ》けでお腹《なか》を丸出しにしていた。

「本当に危機感がないな……。フィオ、シロ、この毛布《もうふ》の上で眠っていいぞ」

そう言って俺はヒッポリアスの横に敷いてある毛布に横たわった。

毛布は大きい。フィオとシロも一緒に横になるスペースはある。

「わかた」「わぅ」

フィオとシロは口ではそう言いながら、部屋の隅の方で横になる。

ヒッポリアスが怖いのだろう。

「床冷たくないか？」

「だいじょぶ」

とはいえ、板の上で寝かせるのはかわいそうだ。

俺は魔法の鞄《マジック・バッグ》から予備の毛布を出してフィオとシロの近くに敷いた。

「これをやろう。使うといい」

「いいの？」

「いいぞ」

「ありあと」

フィオとシロは一緒に毛布にくるまった。

しばらくもぞもぞしていたが、寝息を立てはじめる。

よほど疲れていたのだろう。

人の子供と魔狼《まろう》の幼体だけで暮らしていたのだ。

餌《えさ》も不足して、寝床にも困っていたのだろう。

フィオとシロが寝たので、俺もヒッポリアスの横で眠りにつくことにした。

「……それにしても」

シロをテイムしようとしたとき、俺はフィオに体当たりを食らった。

並みの魔物からならば、俺は不意打ちを食らうことはない。

長年修羅場《しゅらば》をひたすらくぐり続けてきたのだ。気配には敏感である。

油断していたわけでもない。なのに食らった。

「フィオの特殊能力だろうか……」

「………」

俺はフィオたちを見る。

フィオはシロに包み込まれるような形で眠っていた。

フィオもシロもまだ警戒しているように見える。浅い眠りだ。

今までもこうやって一人と一頭でかばいあうようにして過ごしてきたのだろう。

「ぷしゅー」

ヒッポリアスが無警戒に腹を出して爆睡しているのとは対照的だ。

俺はそんなヒッポリアスを少し撫《な》でる。


眠ろうとしたが、目が冴《さ》えてしまっていた。

だから少し考えることにする。

フィオは言葉を話せていた。

その理由については、二つの可能性が考えられる。

一つ目は最近まで人と暮らしていたという可能性。

二つ目は、テイムスキルのおかげという可能性だ。

俺は二つ目の可能性の方が高いと考えていた。

テイムスキルを使えば言語になっていない獣の意思を言語化することも可能である。

俺もテイムする前のヒッポリアスやシロと意思の疎通をした。

だが、それにはかなり高度なテイムスキルレベルが必要になる。

俺も言語化するためには、少し気合を入れてテイムレベルの強度を上げなければならない。

(フィオは、テイムの天才なのかもしれない)

スキルは才能がものをいう世界だ。

努力することで、スキルを強化することは可能ではある。

だが、才能がなければ、いくら努力しても全く伸びない。

才能ある者が、血のにじむ努力をしてやっと強化できるのがスキルというものなのだ。

(俺でさえ、言葉を使えない獣の意思を言語化できるようになったのは二十歳の時だ)

それでも歴史上の記録に残るほどの早さと言われたものだ。

そんな俺よりも、フィオの方がテイムの才能があるのかもしれない。

(何しろ無詠唱《むえいしょう》かつ無意識のテイムだからな……)

フィオが魔狼の群れに入れてもらえたのもテイムスキルのおかげなのかもしれない。

そしてずっと魔狼と会話していたと考えれば、フィオが話せることもつじつまが合う。

魔狼は人の言葉を話せないが、フィオは人。

フィオが人である以上、魔狼の意思を言語化すれば、それは人の言葉になる。

言語を話せなかったとしても、人の言葉で、獣の意思が流れ込んでくるのだ。

それが言語神の偉大なる恩寵《おんちょう》という奴である。

言葉を浴びることで、フィオは言語を理解できるようになったのだろう。

言語神はこの世界の神の中でも特に強力な神である。

人が言語を使うことは、すなわち言語神への帰依《きえ》、礼拝のようなもの。

ほとんど全ての人が一日に何度も何度も言語神に礼拝しているのと同義だ。

神は人の信仰を力にする。

これで言語神が、強力にならないわけがない。

商売も政治も愛のささやきも、歌や詩、物語も言語がなければほとんど成立しない。

商売神も、政治の神も、愛や、歌、詩、物語の神も、言語神の従属神なのだ。

人を人たらしめているのが言語と言えなくもない。

つまり言語神は人の主神、人神と言えるのだ。

人とは我ら人族と、魔族、そしてフィオのような狼耳と尻尾を持つ種族全てを含む。

魔族の神である魔神なども、言語神の従属神である。

（……本当に言語神は偉大だな）

元々敬虔《けいけん》な方ではない俺も、さすがに今日ばかりは言語神に祈りを捧《ささ》げてから眠りについたのだった。

15 朝食と仲間入り

次の日、俺《おれ》は何者かに顔をべろべろ舐《な》められて、目を覚《さ》ました。

いや、何者かなんて、目を開ける前からわかりきっている。

「きゅっきゅっ」

目を開けると、ヒッポリアスのでかい顔があった。

大きな口を少し開けて、舌を出して俺をべろべろ舐め続けている。

俺の顔を洗ってくれているつもりなのかもしれない。

「気持ちはありがたいが、顔は水で洗うのが好みだから、舐めなくてもいいんだよ」

俺の顔はベトベトだ。

舐めなくてもいいと言ったのに、ヒッポリアスはベロベロ舐めるのをやめない。

『ておどーる、だれかいる。だれか！』

しかも、ヒッポリアスは焦《あせ》っていた。いや、少しビビっているようだ。

「誰《だれ》って、ああ。フィオとシロのことか？」

俺はフィオとシロが寝ている方を見る。フィオとシロはまだ眠っていた。

フィオとシロは毛布《もうふ》にくるまり、互いに寄り添って寝息を立てている。

『ふぃお？　しろ？』

「フィオとシロが起きたら、改めて紹介しよう」

「きゅ」

フィオとシロはきっとすごく疲れていたのだろう。

風雨を凌《しの》げて、暖《あたた》かく、そして柔《やわ》らかい寝床も久しぶりに違いない。

お腹《なか》いっぱいになったのもだ。

しばらくゆっくりして疲れを癒《いや》してほしい。

『ふぃおしろだれ？』

「えっとだな。昨日夜中にやってきて仲間になったんだよ」

『なかまか～』

仲間と聞いてヒッポリアスは安心したようだ。

図体《ずうたい》はでかいのに、意外と肝《きも》は小さいのかもしれない。

シロよりずっと大きな猪《いのしし》を狩っているのに、意外なことだ。

いや、言い方は悪いが、外で見た黒い油虫は怖くなくとも、家の中で見ると怖い。

そういう類《たぐい》の現象かもしれない。

家の中は自分のテリトリー。縄張りだ。

そこに見知らぬものが素知らぬ顔で入り込んでいたら驚くのは普通だ。

「……それにしても」

「きゅお？」

「昨夜、ヒッポリアスは全く起きなかったな」

「きゅ？」

「昨日は結構大騒ぎしてたんだが……」

「……きゅ！」

ヒッポリアスは俺の顔を一心不乱に舐めはじめた。

失態をごまかそうとしているのだろう。

「子供だから仕方ないけど……。もう少し感覚を鋭くしないと危ないぞ」

「……きゅぅ～」

ヒッポリアスは反省しているようだ。

昨夜、フィオとシロがやってきたことに気づいたのは俺ぐらいだった。

もしかしたら、ヴィクトルも気づいたかもしれない。

だが、それ以外の冒険者と学者たちは来訪には気づいていなかっただろう。

冒険者たちは酔って眠っていたので、気づけなくても仕方ない面はある。

だが、途中で主にフィオが騒いでからは、冒険者たちは大体皆気づいていた。

出てこなかったのは、俺に任せた方がいいと判断したからだ。

実際、その方が俺としても助かった。

大勢で取り囲んだりしたら、フィオもシロも警戒して身構えるからだ。

朝食の際に、改めて皆にお礼を言って事情を詳しく説明しなくてはなるまい。

「さて、ヒッポリアス。朝ご飯の準備をしようか」

『する！』

ヒッポリアスは尻尾《しっぽ》をぶんぶんと振る。

「落ち着け落ち着け。ヒッポリアスの尻尾は大きいから室内ではあんまり振るな」

『わかった〜』

まじめな顔でヒッポリアスはうなずいている。

そんなヒッポリアスと一緒に家の外に向かおうとしたら、

「……あぅ」

あくびをしながらシロが起きた。

「……くぅん」

そして近くにいるヒッポリアスを見てびくりとして、怯《おび》えた感じの声を出す。

ヒッポリアスは子供とはいえ、身体の大きい高位竜種である。

怯えない魔物はそうそういない。

「シロ、起きたか。こいつはヒッポリアス。俺たちの仲間で、俺の従魔、眷属《けんぞく》なんだ」

「きゅ」『わふ」

「同じ仲間、群れの一員だから、仲良くしてくれ」

俺がそう言うと、シロはフィオをぺろりと舐めてからゆっくり起き上がった。

そして、一度大きく伸びをすると、少し警戒しながらヒッポリアスに近づいた。

「きゅう」「あう」

シロはヒッポリアスと鼻と鼻を近づけて軽く匂《にお》いを嗅《か》いだ後、後ろに回る。

そして、くんくんとお尻《しり》の匂いを嗅ぎはじめた。

「きゅきゅう」

ヒッポリアスは少し気まずそうだが、狼《おおかみ》の挨拶《あいさつ》だから仕方がない。

「狼の挨拶なんだ。我慢してやってくれ」

「……きゅ」

そんなことをしていると、フィオまで起きてきた。

「フィオ。眠たかったらもっと眠っていていいよ」

「だいじょぶ」

「そうか。それならいい。改めて紹介しよう。こいつがヒッポリアスだ」

「ひぽりあす」

「俺たちの仲間で、俺の従魔、眷属だが……。まあ群れの一員と考えてくれ」

「わかた」

フィオは毛布の中から出てくると、伸びをしてヒッポリアスに近づいていく。

怯える様子は全くない。

フィオは天性のテイマー。だから仲間だとわかっている魔物を恐れないのかもしれない。

「ひぽ？」

そう言いながら、フィオはヒッポリアスに正面から近づく。

そして、鼻先を合わせてクンクンと匂いを嗅いだ。

「きゅ」

ヒッポリアスもフィオの匂いを嗅いだ後、顔をぺろりと舐めた。

「ひぽ！」

そしてフィオはヒッポリアスの後ろに回ると、シロと一緒にお尻の臭《にお》いを嗅ぎはじめた。

「きゅ……」

ヒッポリアスは気まずそうにして、助けを求めるような視線をこちらに向ける。

「狼の挨拶だからな。我慢してくれ」

俺はもう一度言った。挨拶は大切なのだ。

一生懸命匂いを嗅いだおかげか、フィオとシロはヒッポリアスと仲良くなったようだ。

俺は一通りフィオ、シロ、ヒッポリアスの互いの挨拶が済んだのを確認して声をかける。

「さてさて。朝ご飯を食べながら、みんなにも挨拶だ」

「わふ」「きゅ」

シロが尻尾をぴんとたてて張り切っている横で、ヒッポリアスも尻尾をたてている。

ヒッポリアスも張り切っているのだろう。

ヒッポリアスは別に皆と初対面でもないし張り切る必要はないのだが。

「みんな仲間だからな。警戒しなくてもいいぞ。フィオもわかったか？」

「わかた」

フィオは真剣な表情で頷《うなず》く。

フィオは促音《そくおん》、つまり「っ」を発音するのが苦手なのかもしれない。

意味は伝わるので、問題はない。

俺はヒッポリアスとフィオ、シロを連れて家を出た。

早速冒険者の一人に声をかけられる。

「お、テオさん、おはよう！　その子が昨日の子だな？」

「ああ。昨日は見守ってくれてありがとうな」

「いや、俺は寝てたんだよ。酒のせいでな！　ガハハ！」

「そうだったのか」

「みんなが噂《うわさ》していたから、知ってるってだけだ」

冒険者たちの中でも、気づかなかった者もいるらしい。

酒とは恐ろしいものだ。

そんなことを考えていると、ヴィクトルが来る。

「テオさん、朝ご飯の準備はできてますよ。食べながら新しい仲間を紹介してください」

「わかった。フィオ、シロ、ご飯だぞ」

「ごはん！」『わぅ」

拠点の中央に向かうと、皆が揃《そろ》っていた。

かまどを使って昨夜の残りを温めなおしてくれたようだ。

俺は自分たちの朝ご飯を受け取ると、フィオとシロの前に置く。

「がう」「ぁう」

ひと声鳴いて、フィオとシロはご飯をじっと見つめる。

「ヒッポリアスにはこれだ」

ヒッポリアスには特別メニューだ。

なにせ猪を狩ってきた、この食事における最大の功労者で、身体も大きい。

俺は、魔法の鞄《マジック・バッグ》に入れておいた焼いた内臓の残りをヒッポリアスの前に置く。

「きゅ!」

ヒッポリアスはむしゃむしゃ食べはじめる。

だが、フィオとシロは食べはじめない。じっと俺の方を見ている。

「どうした? フィオ、シロ。食べないのか?」

そう言いながら、俺も自分の分を食べはじめる。

すると、フィオとシロも食べはじめた。

「がふがふがふがふ」

すごい勢いだ。

フィオもシロと同じように四《よ》つん這《ば》いになって食べている。

あとで人にとって食べやすい姿勢と食べ方を教えてあげなければなるまい。

「ゆっくり食べなさい」

「がふがふがふ」

「さて……」

フィオとシロが食べている間に、俺は皆に説明することにした。

冒険者たちは食事しながら、こちらを興味津々《しんしん》な様子で見ている。

「聞いてくれ。みんな未明に騒ぎがあったのを知っているだろう？」

昨日の騒ぎに気付かず朝までぐっすりだった奴《やつ》らもいるが、この際おいておこう。

「この子がフィオで狼がシロだ。昨日保護した。仲間にしたい」

当たり前の話だが、仲間にするとなれば皆の同意を得なければならない。

俺は冒険者と学者を見回す。

反対の者はいなさそうだが、事情は説明しなければなるまい。

俺はフィオたちに気付いて、交渉し、家に連れ帰ったことを説明する。

「フィオさんは人ということでいいんですよね？」

そう尋ねてきたのはヴィクトルだ。

俺たちの大陸にも魔族の大陸にも、狼の耳と尻尾を持った人はいない。

疑問に思うのは当然だ。

「がうがう言うことが多いが、人の言葉を話せるからな。フィオ？」

「あぅ？」

「おいしいかい」

「うまい」

「お腹いっぱいになったか？」

「たりない」

「そうか、これも食べなさい」

「あいあと」

俺が肉をさらに足してやると、フィオはお礼を言って「がふがふ」食べる。

俺とフィオが会話している様子を冒険者たちは真剣な目で見つめていた。

「それから、フィオはテイマーだ。このシロを従魔にしているのだからな」

「なんと。それは本当ですか？　まだ幼く見えますが……」

魔狼《まろう》は魔物の中でも、かなり強力で高等な部類である。

一般的に幼い子供がテイムできるような魔物ではないのだ。

「驚きだがな。それも――」

俺はフィオがシロをテイムした経緯を説明する。

冒険者たちはみな驚いた。

詠唱《えいしょう》せずに魔狼を無意識でテイムするなど、普通はあり得ないのだ。

「驚くだろ。俺も驚いた。これほど才能にあふれたテイマーには俺も初めて会った」

「テオさんがそうおっしゃるなら、そうなのでしょうね」

一通り説明が終わるころには、フィオもシロもご飯を食べ終わっていた。

そこで改めて、皆に尋ねる。

「フィオとシロを仲間に加えてもいいだろうか」

「俺は賛成だ」「テイマーなら助かるぜ」

「魔狼も仲間になってくれるなら、心強い」

みな賛成してくれた。

「ありがとう」

「あいあと」「わぅ」

そして俺は仲間たちのことを、フィオとシロに順番に紹介していく。

紹介の最後に待ち構えていたのは魔物学者のケリーだった。

ケリーは目が血走り、鼻息が荒かった。非常に興奮しているようだ。

「ケリーだ。ふんふんふん、何か困ったことがあったら言え、ふんふん」

「こわい」「ゎぅ」

「ケリー落ち着け。怖がっているだろう」

「ああ、すまないな」

ケリーを落ち着かせると、俺は聞きたかったことを尋ねる。

「シロのことなんだが、新種か？」

「とりあえず、よく見てみたい。フィオ。シロに触ってもいいか？」

俺ではなくフィオに許可を取るのは、シロをテイムしたのがフィオだからだ。

フィオは俺に目を向ける。

「ケリーは変な奴だが、悪い奴ではないよ」

そう言って微笑《ほほえ》んでおく。

すると、フィオはシロの首にそっと抱きつきながら言う。

「……ぃぃ」

「ありがとう」

ケリーは微笑むと、ゆっくりシロに近づいた。

警戒されないように、ゆったりした動きで手を伸ばす。

そして優しく撫《な》ではじめた。

ケリーは魔物学者だけあって、獣の取り扱いはうまいようだ。

「ヒッポリアスのときと比べて、なんというか……配慮できているじゃないか」

「ヒッポリアスにも私は配慮していたが？」

「ぶぼ」

ヒッポリアスが変な声を出した。

ちなみにヒッポリアスは俺がフィオとシロを紹介している間、ずっとついてきていたのだ。

「ヒッポリアスは配慮が足りないと思っているみたいだぞ」

「そうか？　そんなことはないと思うが」

ケリーは全く気にした様子もなく、シロを撫でまわしている。

恐らく非常に珍しい竜種、それも高位竜種の取り扱いは魔物学者でも不慣れなのだろう。

「ほうほう？」

ケリーはシロを調べながら、多少乱暴に見えるぐらいわしわしと触りはじめた。

だが、ケリーの手はシロにとって心地よいらしい。シロは大人しくしている。

「俺はシロは子狼《こおおかみ》だと思うのだが、ケリーはどう思う？」

「そうだな、テオの言う通りだ。幼体だろう」

「やはり」

「うむ、そしてシロは新種だろう」

「お、新種なのか」

「まあな。だが新種とは言っても、ヒッポリアスのような完全なる新種ではない」

「完全なる新種？」

初めて聞く言葉だ。魔獣学の言葉なのだろうか。

俺が疑問に思っていると、ケリーは続ける。

「ヒッポリアスのような海カバは他に類似《るいじ》の種族がいない」

「カバがいるだろ」

「カバとは全然違うだろう？」

「そう言われたらそうだが……」

ヒッポリアスは顔は確かにカバに似ている。

だが、巨大な尻尾が似ても似つかない。魔法を使うと角が生えてくる。

それに何より海で暮らしていたというのがカバとは違う。

「ヒッポリアスは顔がカバに似ているだけで、カバではなく竜だ」

「そうだな」

「そして顔がカバに似ている竜は、今までの魔獣学では確認されていない」

ヒッポリアスには、類似する種がいない。

そういう意味で完全なる新種と、ケリーは呼んでいるのだろう。

「だが、シロと似ている種族は沢山《たくさん》確認されている」

「ほう。それで一番似ている種族はなんだ？」

「そうだな……」

ケリーはシロの全身のいたるところの体毛を、根元まで調べていく。

「シロは白いだろう？　しかも毛の根元から毛先まで白い」

ケリーはシロの毛を手で広げて見せる。

だが地肌は見えない。

「他の狼と同じく、シロはダブルコートなんだが下毛の方まで白い」

「ダブルコート？」

「狼には太くて長い上毛と、柔らかくて細かい下毛が生えているんだ」

「ほほう」

「この方が寒さに強いからな。それに水がかかっても、そう簡単には肌まで濡《ぬ》れない」

「確かにあったかそうだな」

無毛なヒッポリアスと比べれば、段違いの暖かさだろう。

「で、シロは上毛も下毛も真っ白なんだ。そういう魔狼は魔白狼《まはくろう》と呼ばれる」

「じゃあ、魔白狼っていう種族なんじゃないか？」

「だが、マズルが、つまり口の部分が一般的な魔白狼よりも少し短い」

「ふむ？」

「だから、私は魔白狼の亜種だと判断した」

「幼体だから口が短いんじゃなくて？」

「当然幼体であることも考慮しているさ」

ケリーがそう言うのなら、そうなのだろう。

「魔白狼っていうのは、どういう種族なんだ？」

「魔狼の中でも、特別に強力だ」

「そうか、シロ、お前強かったのか」

俺はシロの頭を撫でた。

「わふぅ」

シロは誇らしげに尻尾をぶんぶんと振る。

「幼体一頭で人の子供を連れて生き延びられたのは、魔白狼だったからだろうな」

その話を聞くと、確かめなければならないことができた。

「シロ。聞きたいんだが、群れの仲間も白かったのか？」

俺はテイムスキルを使って尋ねた。

先にフィオがシロを従魔にしたので、テイムスキルを使っても従魔にはできない。

だが、テイムスキルを使えば、意思疎通することは可能なのだ。

「……わぅ」

「そうか、仲間も白かったか」

「わふ」

「何頭ぐらいの群れだったのだ？」

そう尋ねたのはケリーである。

ケリーの言葉を聞いて、シロは少し考えた。

「わふ」

シロは十三頭と教えてくれた。フィオと子狼を入れて十三頭。

成狼は八頭だったとのことだ。

シロは人の言葉をかなり高い水準で理解している。

恐らく天性のテイマーであるフィオと人の言語を使って意思疎通をしていたからだろう。

だが、シロは人の言葉を話せない。

だから、シロが何を言っているのかは、俺とフィオにしかわからない。

俺はシロの言っていることをケリーに伝えた。

「……ということだ」

「ありがとう。魔白狼の成狼八頭の群れを狩った魔熊《まくま》か。これは危険だな」

ケリーは真剣な表情で考えはじめた。

16 魔熊の噂

魔狼《まろう》の中でも、強力な魔白狼《まはくろう》の亜種の群れを狩った魔熊《まくま》だ。

その魔熊は、魔熊の中でも特に強力な魔熊ということになる。

しかも餌《えさ》があるのにあえて魔狼を狩るほど好戦的な奴《やつ》だ。

対策を考えるべきだろう。

「なるべくならば、遭遇《そうぐう》しないようにしたいが、そうもいかないだろうしな」

「私からヴィクトルに言っておこう」

ケリーがそう言うと同時に、後ろから、

「大丈夫。聞いていましたよ」

「うお！　ヴィクトル！　いつの間に！」

ケリーがびっくりして尻《しり》もちをついた。

そんなケリーの顔を、シロがべろべろ舐《な》める。

どうやら、シロはケリーのことが嫌いではないらしい。

ケリーを起こしてあげながら、ヴィクトルが言う。

「シロ。聞きたいのですが、その魔熊というのは何頭でしたか？」

「あぅ」

「一頭らしいぞ」

「……一頭で。なるほど、それは恐ろしいですね。群れの全滅はいつ頃ですか？」

「…………ぁぅ」

シロは結構前と言っている。

具体的に何日前とかはわからないらしい。

魔狼には日にちを数えるという習慣はないだろうし仕方がない。

「つきでかかた」

シロの横にいたフィオが元気に言う。

だが、何のことかわからずに、ケリーとヴィクトルがきょとんとする。

だから、俺《おれ》がフィオが何を言いたいのか考える。

「んーっと、フィオ。魔熊に襲われたとき、月が大きかったということか？」

「そ」

「まん丸だった？」

「そぅ」

「それから何回ぐらい月は大きくなった？」

「なてない」

「ありがとう、助かったよ。フィオ。シロ」

俺はフィオを褒《ほ》めてシロと一緒に頭を優しく撫《な》でた。

「わふふ」「わふ」

フィオもシロも嬉《うれ》しそうに尻尾《しっぽ》を振る。

「ヴィクトル。つまり前の満月の夜に襲われたってことだ」

「昨日は新月でしたし、十五日前、いや十六日前ということですかね？」

「そうだろうな」

二週間とちょっと。

狼と人の子供だけで生き延びるには充分に長い時間だ。

「フィオ。シロ。魔熊のことはおじさんたちに任せておけ」

「わふ」

「フィオさんとシロは、お腹《なか》いっぱい食べて、のんびり休んでくださいね」

「そうだな！　フィオ、シロ。ダニがいるだろう。川で洗ってやるからこっちに来い」

「わふ！」「わぅ」

ケリーがそんなことを言ったので。フィオとシロは怯《おび》えたような表情を見せた。

水に濡《ぬ》れるのが嫌なのだ。

特に川の水は冷たい。真夏でも驚くほど冷たいのだ。

上毛と下毛のダブルコートを持つシロならば、多少濡れても大丈夫だ。

だが、フィオは濡れたら一気に体温を奪われ命にかかわる。

夏でもそうだ。冬なら確実に死ぬだろう。

フィオは体毛がないだけでなく、服も粗末《そまつ》な木の皮程度のものしかないのだ。

「洗った後、ちゃんとした服をやるから安心しろ」

ケリーは笑顔で言うが、フィオは怯えた様子で、俺の後ろに隠れた。

「てあらう」

手洗いしたいという意味ではない。

フィオはどうやら俺に洗ってもらいたいらしい。

どうせ洗ってもらうならば、信用できる俺ということだろう。

ケリーはシロの信用は手に入れたが、フィオの信用はまだ手に入れていないらしい。

「てお、あらう」

フィオは、再び同じことを言う。

もしかしたら、洗われること自体は嫌ではないのかもしれない。

冷たい川で洗われるのは嫌なのだろう。

俺も嫌だ。フィオとシロの気持ちはわかる。

「いや、私が洗うべきだろう。魔物学者だしな」

「たしかにフィオは女の子だし、女性のケリーに洗ってもらうのが一番だと思うが……」

「だろう？　さあさあ、フィオもシロも、近くに川があるからな」

「ケリー、少し待ってくれ。川の水は冷たすぎる」

「それはそうだが……。ダニやノミを落とす方が先だろう？」

ダニやノミが付いたままだと、病気になりかねない。

そしてダニやノミを一緒に暮らす俺やヒッポリアス、そしてみんなにもうつしかねないのだ。

「ヴィクトル。今日の予定は色々あると思うのだが……。まず井戸を掘っていいか？」

「かまいませんよ。井戸は生活の要《かなめ》、整えるのは急務ですからね」

「助かる。ついでに簡単な入浴施設も作ってしまおう」

「人手はどのくらいいりますか？」

「んー。ヒッポリアスに手伝ってもらうから、こっちは大丈夫だ」

「わかりました。では、こちらはこちらで……」

ヴィクトルが冒険者たちにテキパキと指示を出す。

どうやら、ヴィクトルと地質学者が中心となって周辺の調査をするらしい。

畑を作るのに適した場所の調査も大切だ。

「凶暴な魔獣。もしかしたら魔熊がいる可能性がありますから、注意してください」

「わかってるぜ！」

「ただの魔熊ではありませんよ。魔白狼の成狼が八頭いる群れを狩った魔熊です」

「……なんだそれ。本当に魔熊か？　ドラゴンじゃないのか？」

冒険者たちは驚く。それも当然のことだ。

そんな凶悪な魔熊など、Ｂランクである冒険者たちの手に余る。

それどころか、Aランク冒険者であるヴィクトルの手にすら余るほどだ。

『ひっぽりあす。たおす！』

「みんな。いざとなれば、ヒッポリアスが倒してくれるそうだ」

「おお！」「それは心強い！」

「敵に気づかれたら、逃げながら大声をあげてくれ、俺とヒッポリアスが向かう」

「キュッキュ！」

ヒッポリアスは力強く鳴きながら、尻尾を勢いよくぶんぶんと振った。

ヒッポリアスの言葉に勇気づけられた冒険者たちは調査へと出発したのだった。

17 井戸とお風呂の材料集め

そして、俺《おれ》は調査団を見送るとすぐに上水設備を整えることにした。

「さて、ヒッポリアス、手伝ってくれ」

「きゅ！」

「おれは？」「わふ」

「フィオとシロは見学だ」

「わぅ……」「わふ……」

フィオとシロが、なぜかしょんぼりする。

もしかしたら、何か手伝いたかったのかもしれない。

「フィオもシロも、ゆっくり遊んでいていいんだよ？」

過酷な環境でサバイバルしてきたのだ。しかもフィオもシロもまだまだ子供。

お兄さんぶっているシロも群れが健在なら兄弟姉妹《しまい》たちと遊んで暮らしていたはずだ。

「やる」「わふ！」

「そうか……。やる気は充分か。なら、警戒を頼む」

「けいかい？」「わふぅ？」

「俺とヒッポリアスは色々作業がある。その間、敵が来ないか見張っていてくれ」

「わかた』『わうぅ！」

フィオとシロは嬉《うれ》しそうに尻尾《しっぽ》を振った。

そんなフィオとシロをヒッポリアスがぺろぺろ舐《な》める。

ヒッポリアスはフィオとシロの兄貴分的な立ち位置のつもりなのだろう。

「じゃあヒッポリアスは昨日と同じく木を集めてくれ」

『わかった！』

ヒッポリアスは元気に走り出す。

そして、俺は周囲を回って石を拾っていく。

石は重い。集めるのは重労働だが、魔法の鞄《マジック・バッグ》を使えば効率化できる。

フィオとシロが周囲を回って警戒してくれているなか、俺は石を集めていく。

だが、付近のめぼしい石は大体拾ってしまっている。

「河原に行った方が早いな」

「わふ？」

俺はフィオとシロを引き連れて、近くの河原《かわら》まで移動する。

その川は乗ってきた船を泊めてある川の支流だ。

川幅は七メトルほど。さほど深くもなく、流れも緩《ゆる》やかだ。

そして、河原には大小さまざまな石が転がっていた。

「さて、大きめの石を拾うか。滑《なめ》らかな石もいいな」

井戸を作って風呂《ふろ》も作るのだ。石はいくらあってもいい。

俺はどんどん魔法の鞄に石を放り込んでいった。

するとフィオとシロが目を輝かせて、じっと見つめてくる。

「どうした?」

「いぱいはいる」『わぅ」

「ああ、この鞄か。これは魔法の鞄《マジック・バッグ》っていうんだ」

「まじばぐ」『わふぅ」

「そう、魔法の鞄《マジック・バッグ》。魔法をかけた特別な鞄なんだ」

「まほ」

「そうそう。見かけ以上に沢山《たくさん》入るし、重い物を入れても重くならない。そして……」

俺は魔法の鞄から、焼きたての肉の塊を出す。

「はう!」『わう!」

フィオとシロは、肉を見てびっくりしている。

「品質保持機能もあって、冷めたり腐ったりしないんだ」

「すごい」『わぁう」

「見張りを頑張ってくれているからな。これ食べていいよ」

フィオとシロに肉をあげると、バクバク食べる。

フィオは相変わらず口で受け取る。

そしてシロと一緒に手を使わずに、地面に置いてバクバク食べる。

「フィオは手を使うと便利だぞ」

「がふがふ……て？」

「そう、手だ。こうやると色々便利だよ」

俺も魔法の鞄から肉を取り出して、実際に手で肉を持って食べてみせる。

「ふむぅ」

フィオも見よう見まねで手を使って食べはじめる。

「な。意外と便利だろう？　土がつかないからジャリジャリしないいしな」

「ん」

フィオは手を使うことを覚えてくれたようだ。

今度はフォークやスプーンの使い方も教えてあげなければなるまい。

石を大量に拾うと、一旦《いったん》拠点へと戻る。

するとヒッポリアスは、すでに大きな木を五本ぐらい積み上げてくれていた。

どや顔で木の横に座って、尻尾をゆったりと揺らしている。

褒《ほ》めてほしいのだろう。だから俺はヒッポリアスを撫《な》でまくる。

「さすがはヒッポリアスだ！　すごく早いな！」

「きゅぅ！」

「立派な木ばかりだ！　助かるよ」

「きゅっきゅ！」

「木を採ってきた場所もいいな！　あの辺《あた》りは地質はともかく場所的には畑に最適だ」

地質は今調査中である。

だが、ヒッポリアスが木を伐採してきた場所は、拠点から程よく近い。

畑を作れたらすごく便利だろう。

「偉いぞ、ヒッポリアス！」

「きゅっきゅ！」

俺がワシワシ撫でていると、ヒッポリアスが言う。

『あとどのくらいあつめればいい？』

「そうだなぁ。とりあえずはあと三本位かな？」

『いしは？』

「石もまだ欲しいかな。木を三本集めたら一度、俺のところに来てくれ」

『わかった！』

「ありがとう」

「きゅっきゅ」

ヒッポリアスは、元気に尻尾を振りながら木を伐採しにいった。

俺も集めた石をヒッポリアスが積んだ木の横に置いて、もう一度河原へと向かう。

フィオとシロも一緒である。

俺が石を拾って魔法の鞄に入れていると、フィオも石を入れてくれた。

「おお、フィオ、ありがとう」

「あふ」

するとシロまで口で石を咥《くわ》えて持ってきた。

その石を俺は受け取って鞄に入れてから、シロをワシワシ撫でた。

「シロ。ありがとうな。でも無理はしなくていいよ」

「わふ」

「シロは危ない奴《やつ》がいないか見張っていてくれ」

「わふっ！」

「うん、シロはいい子だな」

シロは嬉しそうに尻尾を振った。

それからは俺とフィオが石を拾っている間、尻尾をピンとたてて、見張りをしてくれた。

俺は石を拾う合間に、シロに指示を出していく。

「シロ、あっちの方を警戒してくれ」

「わふ」

「ありがとうな」

「わふぅ！」

魔狼《まろう》と仲良くするには、人がボスになった方がいいのだ。

通常はテイムした人間がボスになる。だがシロをテイムしたフィオは子供である。

そしてシロはフィオの兄貴分、もっといえば保護者だった。

いくらテイムされたとはいえ、その関係を逆転させるのは難しい。

無理にフィオがボスになるのは、シロにとってもフィオにとってもストレスになる。

魔狼に限らず、狼はボスの保護下にいると安心する。

だが、ボスがいない場合、自分がボスになって皆を保護しなくてはならなくなる。

今までのシロのようにだ。それはかなりの重圧で、ストレスにもなりうる。

特にシロのような子狼《こおおかみ》ならなおさらだ。

だから、俺はあえてシロのボスとして、振るまうことにしたのだ。


順調に石を集めていると「きゅおきゅおぅ」と鳴きながら、ヒッポリアスが走ってきた。

俺は駆け寄ってきたヒッポリアスを撫でる。

「おお、ヒッポリアス、木は集め終わったのか？」

『おわったー』

「ありがとう」

「きゅ」

「こっちももう少しで終わるから、待っていてくれ」

『ひっぽりあす、てつだう』

「助かるよ」

「きゅぅ！」

ヒッポリアスは嬉しそうに鳴くと、ジャバジャバと川の中に入っていく。

それを見てフィオがおろおろして、こちらを見る。

「ておっておっ！」

フィオは「あれ大丈夫なの？」と尋ねているのだ。

フィオは、濡《ぬ》れたら死にかけないような暮らしを送ってきた。

それに川の水は夏でも、非常に冷たい。心配するのも無理はない。

「大丈夫だよ。ヒッポリアスは海カバだからね」

「うみかば」

「そう。海カバ。水の中で暮らしてたりもするから濡れても大丈夫なんだ」

「わふぅ～」

フィオは感心したようだ。

尊敬の目で、川でバチャバチャしているヒッポリアスを見つめている。

一方、ヒッポリアスは、フィオの視線には全く気づいていない。

ヒッポリアスのテンションはどんどん上がっていた。

海カバなので水に入ること自体、好きなのだろう。

川は一番深いところでも、水深一メトルちょっとだ。

雨次第で水深は大きく変わるのだろうが、平時は歩いて渡れる程度の可能性もある。

それを確かめるためにフィオとシロに俺は尋ねる。

「フィオ、シロ。前回、雨が降ったのはいつごろか分かるか？」

「「わふ～」」

フィオとシロは、揃《そろ》って首をかしげる。思い出しているのだろう。可愛《かわい》らしい。

俺は思わずフィオとシロの頭を撫でる。

「はっ！　はっ！　はっはっ！」

シロは尻尾を振って、舌を出し息をしながら、「結構前」に雨が降ったと教えてくれた。

「わむぅ……。はちひがでた」

「雨が降ってから、八回太陽が昇ったってことか？」

「そ」

「そのときは、沢山降ったのか？」

「すこし」

「そっか。ありがとう」

あとで気候学者にも教えてやろう。

八日前に少しの雨ならば、この川は別に増水しているわけではないのかもしれない。

俺たちがそんなことを話している間、ヒッポリアスは浅い川でバチャバチャしていた。

石集めを手伝うことを忘れて遊んでいるようだ。

ヒッポリアスは木を集めるのを頑張ってくれた。

それにまだまだ子カバ、いや子海カバ。遊びたいときは遊んでいいのだ。

だから、俺は石集めをする。

子供が遊んでいる間に働くのは大人の務めである。

「本当はフィオとシロも遊んでいいんだけどなぁ」

「あう？」「わふ？」

フィオは石を拾いながら、シロは周囲を警戒しながら首をかしげていた。

魔狼のシロは仕方ない面もある。

遊んでいるより仕事をした方が精神的に安定するなら、その方がいい。

だが、あくまでもフィオは魔狼ではなく人なのだ。

「……あとで遊んであげないとな」

その時にはシロも一緒に遊んであげよう。

「あ、そうだ。フィオ、シロ、散歩に行きたくないか？」

「わふぅ！」

シロは行きたそうだ。やはり魔狼にとっては散歩は大切なのだ。

だが、フィオは「さんぽ？」と首をかしげる。

シロはテイムスキルが通じるので、何をするのか言葉がわからなくても理解できる。

だが、人のフィオにはテイムスキルは通じない。

フィオは知っている言葉しかわからないのだ。

「そうだなぁ。散歩っていうのはみんなで歩くことだ」

「あるく？」

「縄張りに異常がないか確認しないといけないからな」

「なわばり！」

「どうだ？　フィオ、シロ」

「する！」「わふわふぅ！」

「じゃあ、石を集め終わったら、散歩しよう」

そう言うと、フィオもシロも嬉しそうに尻尾を振る。

散歩をすることを決めたらさっさと石集めを終わらせたい。

俺はどんどん石を魔法の鞄に放り込んでいく。

フィオも一生懸命石を集めてくれた。シロの周囲の警戒っぷりもなかなかだ。

「さて、そろそろいいかな。石を置いてから……」

散歩に行こうと、言葉を続けようとしたら、

「きゅおおおお」

ヒッポリアスが大きな声で鳴いた。

「おぉ？　どうした、ヒッポリアス」

「きゅお」

ヒッポリアスがどや顔で、とても大きな石、いや岩を持ち上げていた。

ヒッポリアスの持ち上げている岩は小さくはない。

縦横一メトル前後ぐらい、厚みは〇・五メトルぐらいある。

「お、おい大丈夫か？」

「……あう」「……わ、わふ」

驚くフィオとシロを見て、ヒッポリアスは、

「きゅお！」

どや顔で鳴く。

頭に生やした魔力の角を岩に突き刺して、無理やり持ち上げているのだ。

「そんなことして首は大丈夫なのか？」

恐らくだが、岩の重さは縦横高さ一メトルの水と同じぐらいあるだろう。

並みの竜では持ち上げられない。首が折れかねないし、角も折れる。

『だいじょうぶ！』

「そ、そうか。絶対に無理はするなよ」

『わかった！』

そして、ヒッポリアスは角に岩を突き刺したままドシドシ歩いていく。

俺たちの拠点は、河原から少しだけ高いところにある。

傾斜はきつくはないが、登り道なのだ。

だというのに、ヒッポリアスは順調に進む。

俺はヒッポリアスが疲れた時のために、すぐそばを並んで歩く。

フィオもシロも同様だ。

拠点まで岩を持っていくと、拠点にいた皆が、ぎょっとする。

そんなことには構わず、ヒッポリアスは岩をドスンと置いた。

「きゅおおお！」

そして、雄《お》たけびを上げる。

やはり、ヒッポリアスにとっても重労働だったのだろう。

「すごいぞ、ヒッポリアス」

『ひっぽりあす、えらい？』

「ああ、偉いぞ」

俺はヒッポリアスのあごの下をガシガシ撫でる。

あごの下にとどまらず、どんどん全身を撫でていく。

さすがのヒッポリアスも全身が汗だくだった。

「すごい」『わふぅ」

フィオとシロも尊敬の目でヒッポリアスを見ていた。

フィオは俺と一緒にヒッポリアスを撫でる。

そして、シロはヒッポリアスの前足をペロペロ舐めた。

「さすが竜種だな。ヒッポリアス」

何かの作業をしていたケリーも作業の手を止めて、走ってきた。

そして角を調べたり岩を調べたりする。

「魔力の角って、本当に頑丈《がんじょう》なんだな。テオ、見てくれ」

「ああ。俺が考えていたより、ヒッポリアスは強いみたいだ」

「テオ、角だけでなくこの岩を見てくれ。硬い岩だぞ。よく貫けたものだ」

ヒッポリアスの角は尖《とが》ってはいるが、鋭利ではない。

牛の角に近いだろうか。

「どうやったら、この角で岩を貫けるのだ？」

「そうだな。魔力の角だし、角自体が魔法みたいなものなんだろう」

「魔法？　テオ、詳しく教えてくれ」

ケリーが目を輝かせるので、少し詳しく説明する。

「ヒッポリアスは木を集めるときも角から魔法を出していたのを覚えているか？」

「覚えているが、あれは木の根を切断した程度の魔法。岩を貫くのとは訳が違う」

「木の根を切断したときは本気でなかったんだろうさ」

「そうなのか。ヒッポリアス」

「きゅおー」

ヒッポリアスは自慢げに本気ではなかったと伝えてきた。

「わふ～」

ヒッポリアスは、自分を撫でてくれるフィオの顔をベロベロ舐める。

フィオも嬉しそうで何よりだ。

「で、テオよ。早速井戸を掘るのだな？」

「いや、その前に散歩だ。フィオとシロと一緒に縄張りを確認しないといけないからな」

「「わふぅ」」

フィオもシロもご機嫌《きげん》に尻尾を振っていた。

18 散歩

お昼までは、まだ時間がある。

散歩に行って、お昼ご飯を食べてから一気に井戸と風呂《ふろ》を作ればいいだろう。

そんなことをケリーに説明すると、

「ならば私も行こう」

「ええ」

「なんだ、テオ。不満か？」

「不満というほどではないが、ケリーはついてこられないだろう？」

ケリーは学者。どうみても体力があるようには見えない。

魔狼《まろう》の散歩についてこられるとは思えない。

「フィオも行くのだろう？　さすがに子供には負けないさ」

「そうか、そう言うならば、ついてこい」

そして俺《おれ》はフィオとシロに言う。

「さて、散歩に出かけようか」

「「わふぅ！」」

フィオとシロは元気に返事をした。

その横では黙ったまま、ヒッポリアスがお座りして、尻尾《しっぽ》をゆっくり振っている。

「ヒッポリアスも来るか？」

『いく』

「疲れてないか？　休んでいてもいいんだよ？」

『つかれてない』

「じゃあ。一緒に行くか」

「きゅっきゅ」「わふぅ」

俺は拠点に残っていた冒険者に散歩に行くことを伝えて歩き出す。

ヒッポリアスは先頭に立って、走り出した。

泳ぎも速かったが、走るのもヒッポリアスは速いようだ。

そんなヒッポリアスを見て、フィオとシロはこっちをチラチラ見ている。

群れのリーダーである俺が先頭を走らなくていいのか気にしているのだろう。

「気にしなくても大丈夫だよ。フィオたちも走っていい」

「わふ！」「わおう！」

フィオとシロも走り出す。

フィオはちゃんと二足歩行で走っていた。

「ヒッポリアス、フィオ、シロ。拠点からはあまり離れないようにしよう」

『どうして？』

走っていたヒッポポリアスが戻ってきて尋ねてきた。

「ヴィクトルたちが調査に出ているからな。あまり拠点の戦力が少なくなるのは困る」

『わかった』

ヒッポポリアスは再び走り出す。

たまに止まって、フィオたちがついてこられるように調節している。

そんなヒッポポリアスの後を俺はゆっくりと追ったのだった。

ケリーは俺の横を歩きながら何やら唸《うな》っていた。

「ふむう」

「どうした？」

「いや、なに。この大陸では人はフィオのような姿なのだろうかと思ってな」

「そうなんじゃないか？」

俺たちが出会ったこの大陸の先住民は、フィオだけだ。

だから、みなフィオみたいに狼耳と尻尾が生えていると俺は考えていた。

「いやいや、よく考えてみろ。子供は普通、狼と暮らさないだろう」

「それは、そうだな」

「フィオは特殊な事例だと考えるべきだ」

「狼耳が生えていたから捨てられたとか？」

「……まあ可能性はないとは言えないな」

「他の先住民に会ったらわかるだろう」

「それもそうだな」

うんうんと頷《うなず》くと、ケリーはヒッポリアスたちを追うように走っていった。

ケリーはそれなりに足が速かった。

魔物学者だから、魔獣と散歩したりする機会が多いのかもしれない。

俺もヒッポリアスたちを追う。

たまには運動しないと身体《からだ》が鈍《なま》ってしまう。

「きゅおきゅおお」

ヒッポリアスは特に何も考えず走り回っている。

そして、シロはたまに立ち止まって、木の幹《みき》の臭《にお》いを嗅《か》いだりしていた。

「シロ、縄張りチェックしてるのか」

「わふ」

「俺は鼻が利《き》かないからな。俺の代わりに縄張りの主張を頼むよ」

「がう！」

俺がそう言うと、シロは立ち止まっては木の幹におしっこをかけはじめた。

恐らく、フィオとシロで暮らしていた時はシロがそうやっていたのだろう。

シロは一生懸命足を上げて、なるべく高いところに引っ掛けようとしている。

子狼《こおおかみ》なのに頑張り屋さんだ。責任感も強そうだ。

その横で、フィオも一緒に引っ掛けようとしたので止めておく。

「フィオ。それはシロに任せればいい」

「なで？」

「人のおしっこには、縄張り主張の効果はないからな」

「そか」

納得してくれたようでよかった。

ついでに、俺は聞きたかったことを尋ねてみる。

「ところで、フィオ。その服はどうやって作ったんだ？」

「ふく？」

「フィオが身体に巻いている木の皮のことだよ」

フィオは木の皮をバリバリとはがした奴《やつ》を身体に巻いている。

それを紐《ひも》でくくって服にしているのだ。

「くれた」

「魔狼の仲間がくれたのか？」

「そう。すぐこわれる。ふぃおとる」

どうやら、すぐ破れたりするのでそのたびに木の皮を採りにいくらしい。

最初にくれたのは魔狼だが、それ以降は自分で作っていたようだ。

毛皮のない人は衣服がないと、すぐに死にかねない。

夏ならまだしも春秋になれば簡単に死ぬ。

そして、冬になれば木の皮だけなら確実に死ぬだろう。

「冬はどうやっていたんだ？」

「いのししのけ！」

「なるほど」

魔狼が狩ってきた猪《いのしし》の毛皮を巻き付けていたようだ。

だが、きちんと鞣《なめ》していない毛皮。すぐに腐《くさ》る。

腐るたびに新しい毛皮をもらっていたのだろう。

「それは大変だったな」

「たいへん」

「そっか。紐《ひも》は？」

「ふぃおむすぶ」

どうやら、フィオは試行錯誤して木の蔓《つる》を使って結んだようだ。

それを聞いていたケリーが言う。

「フィオには、きちんとした衣服を用意した方がいいだろうな」

「そうだな」

「私に任せろ。心当たりがある」

「それは助かるが……」

「いや、なに。気にしなくていい。多少の予備はある」

「ケリーの服を譲ってくれるのか？　サイズが違いすぎるだろう？」

フィオの実年齢はわからないが、体格的には五歳程度だ。

大人のケリーとは、服のサイズが全く違う。

そう思ったのだが、ケリーは何でもないことのように言う。

「いや、私用の服ではない」

「じゃあ、誰用《だれよう》なんだ？」

「魔獣用だよ」

ケリーは「何を当たり前のことを」と言いたげな目でこちらを見る。

「魔獣用？　ってそんな衣服を持っていたのか？」

我々は長い航海を経てこの場にいる。

長期間の航海では余分な荷物は載せないものだ。

余計なものを載せる余裕があるのなら、水、もしくは水代わりの酒や食料を載せる。

「どんな魔獣を保護することになるかわからぬゆえな。自分の服を減らして入れてある」

「……なるほど」

ケリーは魔獣用の緊急治療グッズの中に含めて持ってきたらしい。

いろんな事態が考えられるので、そういうものが必要になることもあるのだろう。

「私は新大陸の魔獣、いや魔獣に限らず生物の調査のためにこの場にいる。当然だ」

「そんなもんか」

「ああ、そんなものだ」

ケリーにとってはヒッポリアスとシロだけでなく、フィオも調査保護対象なのかもしれない。

俺とケリーとフィオは、そんな会話をしながら、小走りでヒッポリアスとシロを追う。

「きゅおおぉ～」

するとヒッポリアスが間延びした声で鳴き加速した。

シロも一生懸命ついていく。

「ヒッポリアス……」

少し速すぎると言おうと思ったが、ヒッポリアスも思いっきり運動したいのかもしれない。

好きにさせた方がいい。ヒッポリアスはまだ遊びたい盛りの子供なのだ。

だが、ヒッポリアスはすぐに足を止めた。

「きゅおきゅお」

「ヒッポリアス、お散歩ですか？」

そこにはヴィクトルと冒険者たちがいたのだった。

ヒッポリアスは、ヴィクトルの顔をべろべろ舐《な》める。

「どうどう、ヒッポリアス、落ち着いてください」

そんなことを言いながら、ヴィクトルは楽しそうにヒッポリアスを撫《な》でている。

俺とフィオも、すぐにヒッポリアスとシロに追いつく。

「ヴィクトル。すまない。邪魔したか？」

「いえいえ、休憩中なので大丈夫ですよ」

ケリーも俺たちに追いつくと、ヴィクトルに尋ねる。

「地質調査は順調なのか？」

「まあまあ、順調ですかね」

「そうか。珍しい生き物は見かけたか？」

「生き物自体は見かけましたが、珍しいかどうかはわかりません」

「そうか……。生物調査も早くしたいものだな」

そして、ケリーは休憩中の冒険者や地質学者に話を聞きにいく。

生き物についてと地質についての情報交換をするのだろう。

「テオさん、お散歩ですか？」

「そんなところだ。シロは狼だからな」

「そうでしたか。狼にとって散歩は大切ですもんね」

そう言って、ヴィクトルはシロを撫でる。

シロも人懐《ひとなつ》こさを発揮して、嬉《うれ》しそうに尻尾を振っている。

「テオさん。そちらの作業で何か困ったこととかありませんか？」

「それも大丈夫だ。ヒッポリアスたちが頑張ってくれたから材料集めももう終わった」

「素晴《すば》らしい。ヒッポリアスは本当に働き者ですね」

「偶然《ぐうぜん》仲間になってもらえて、助かったよ」

「本当に」

そんな会話をしている間、ヒッポリアスは冒険者たちに甘えていた。

人懐こい海カバである。

それを見たシロもヒッポリアスの方へと走っていった。

冒険者たちに撫でろとアピールしている。

「シロはヒッポリアスの弟分みたいな雰囲気があるな」

「確かに。そのおかげか、馴染《なじ》むのも早そうですね」

シロは自分の群れ内序列はヒッポリアスの下だと考えているのだろう。

「シロは今まで気を張って、群れのリーダーをやっていたからな」

子狼なのに、か弱いフィオを守るために頑張ってきたのだ。

精神的な重圧はすごかったに違いない。

「シロも子狼だからな。思う存分甘えればいい」

個人的には成狼になっても甘えればいいと思う。

だが、子狼の時は特に甘えるべきである。

「フィオも、子供だから甘えていいんだからな」

「だいじょぶ！」

そう言って、フィオは尻尾を勢いよく振っていた。

フィオは冒険者たちを見て怯《おび》えている様子はない。

だが、ヒッポリアスやシロのように、撫でられにいく様子もない。

どちらかというと、俺の後ろに隠れるようにして大人しくしている。

フィオもそのうち慣れるだろう。

19

縄張り

Hennaryu to moto yuusha party zatsuyougakari shintairiku de nonbiri slowlife

しばらく話した後、ヴィクトルたちは作業に戻り、俺《おれ》たちは散歩に戻る。

ヒッポリアスが先頭を歩き、その後ろをシロ、続いて俺とケリーとフィオがゆっくり歩く。

シロは縄張りの点検に余念がないようだ。

よく立ち止まっては、臭《にお》いを嗅《か》いでおしっこをかけている。

そんなシロを、ヒッポリアスはチラチラと見る。

そしてヒッポリアスは「きゅお～」と鳴くと、堂々とおしっこをした。

「ヒッポリアスも縄張りを主張するのか？」

『する！』

ヒッポリアスはご機嫌《きげん》に尻尾《しっぽ》を揺らしている。

シロだけに働かせたら悪いと、ヒッポリアスなりに気を遣ったのだろう。

「高位竜種のヒッポリアスの尿の臭いを嗅げば、魔獣は寄ってこなさそうだな」

「確かにテオの言う通りだ。高位竜種は生態系の頂点。鼻のいい魔獣は皆逃げ出す」

「あんなに可愛《かわい》いのにな」

「可愛くても、肉食、いや草も食べるから雑食か」

実際昨日は大きな猪《いのしし》を捕まえてくれた。

周囲の魔獣たちは警戒しているに違いない。

シロと並んでおしっこしているヒッポリアスに、ケリーは触れた。

「それにしてもヒッポリアス」

「きゅ？」

「……糞《ふん》はまき散らさなくてよいのか？」

「きゅお？」

ヒッポリアスは困惑している。

びっくりした様子で、俺の方を見た。

『ておどーる！　こいつおかしい』

「そうだな、おかしいな」

「何がおかしいんだ？」

ケリーは、俺の方を見て尋ねてきた。

テイムスキルのないケリーはヒッポリアスが何を言っているのかわからない。

だから、翻訳しろと言っているのだ。

「ヒッポリアスは糞をまき散らすとか、何を言っているんだと困惑している」

シロも困惑しているし、もっといえば、フィオだって困惑している。

狼《おおかみ》には糞をまき散らす習性はないので当然だ。

困惑していないのはケリーだけである。

ケリーはポケットからノートを取り出して、何やら書き込みはじめた。

「ほう。海カバは、糞をまき散らさないのか。我慢していたわけではないのだな」

「ケリー。なぜまき散らすなんて思ったんだ？」

「カバは、糞をまき散らすからな」

「そうなのか？」

「ああ。自分の縄張りを主張するために、尻尾で糞をまき散らすんだ」

そう言いながら、ケリーはヒッポリアスの長くて太い尻尾に触れた。

ヒッポリアスは嫌だったのか、尻尾をケリーから遠ざけようとする。

「まてまて」

「きゅぅ～」

その場でヒッポリアスはゆっくりとグルグル回った。

尻尾を追いかけて、ケリーとシロも回る。

「まあ、あれも遊んでいると言っていいのかな」

ヒッポリアスはともかく、シロは遊んでいると思っているだろう。

シロも子狼《こおおかみ》。もっと遊んでいい。

そんなことを考えていると、

「てお、てお」

俺はフィオに袖《そで》を引っ張られた。

俺の袖を引っ張るフィオの表情は真剣そのものだった。

「ん？　フィオ、どうした？　トイレか？」

「ちがう。てぉもなわばり」

「ふむ？」

俺は少し考えてみた。

「俺も、ヒッポリアスやシロと一緒におしっこして回るべきってことか？」

「そ」

フィオはこくこくと頷《うなず》いた。

群れのボスなら、仕事をすべきだということなのだろう。

先ほど、俺はフィオに小便をかけて回らなくていいと言った。

それをフィオは、自分が群れのボスじゃないからかけなくていいと言われたと思ったのだ。

「いや俺もしなくて大丈夫なんだよ。人の小便は魔物よけの効果もないしな」

そう言うと、フィオはフルフルと首を振る。

「ある。てぉある」

「わぅ」

シロまでやってきて、フィオに同意する。

ヒッポリアスの尻尾を追いかける遊びはやめたらしい。

「いやー。フィオもシロもそうは言うが、人の小便には力はないからな」

縄張りの主張にはならない。

「なる」『わふ」

だが、フィオとシロは真剣だ。

「てください」『わぅう」

「えっ」

「なる」『あう！」

「お、おう……」

俺の体臭は縄張りの主張になるぐらい臭《くさ》かったのだろうか。

少し、いや、かなりショックである。

「ケリー、一つ聞きたいんだが……」

「なんだ？　私はヒッポリアスのお尻《しり》を調べるので忙しいんだ」

「きゅお……」

「ヒッポリアスが嫌がっているから、お尻を調べるのはやめてやれ」

「そうか。ならば仕方ないな」

嫌がっていると聞くと、すぐやめるのがケリーのいいところだ。

ケリーは「すまなかったな」と声をかけて、ヒッポリアスを撫《な》でる。

そして、俺の方に歩いてきた。

「で、テオ、何が聞きたいんだ？」

「ああ、正直に言ってほしいんだが……俺は臭いだろうか？」

「そうでもないが」

「そうか」

「急にどうした？　冒険者らしくもない」

冒険者をやっていれば、何日もお風呂《ふろ》に入れないのはよくあることなのだ。

「いや、なに……」

俺はケリーに経緯を説明した。

「なるほどな。それは体臭ではなく、尿《にょう》が臭いってことだろう？　なあ、フィオ。シロ」

「そ」『わふ」

「えぇ……」

それはそれで嫌だ。

「そんなに臭いのか……」

病気かもしれない。

「てお、なわばり！」『わふ！」

「わかったわかった。だが、どうせ効果はないと思うがな」

俺はフィオとシロが熱く要望するので、折れることにした。

少し離れた、みんなから見えない場所に行って小便をする。

その後、皆のところに戻ると、

「わふぅ！」「あう！」

フィオもシロも満足げに尻尾を振っていた。

狼的な、いや魔狼《まろう》的な何かがあるのかもしれない。

これから散歩に行くときは毎回小便を要求されるのだろうか。

それは少し嫌だ。

シロはともかく、フィオにはトイレの存在を知らしめなければなるまい。

そのためにも速《すみ》やかに水回りを整備する必要がある。

「じゃあ、そろそろ戻って、昼ご飯でも食べるか」

「きゅいきゅい」「わふぅ！」「わふ！」

獣たちとフィオは大喜びだ。お腹《なか》もすいていたのかもしれない。

「ケリー、そろそろ戻るぞ……って何やってるんだ？」

「ん？　そのテオの臭すぎる尿ってのを調べてみようと思ってな」

「いや、やめろ。汚いだろう」

「尿は汚くはない。戦場で傷口を洗うのに使うこともあるぐらいだ」

「ここは戦場ではないし、何より俺が恥ずかしい」

「そうか、恥ずかしいならやめておこう。……別に臭くはないがな」

どうやら、ケリーはすでに嗅いでいたらしい。

魔物学者というのは俺たちとは根本的に感覚が違うのかもしれない。

糞や尿も、ただの資料としてとらえているのだろう。

一般人の俺たちには理解しにくいが、こういう人種も必要なのだ。

魔物学者が魔獣の排泄物《はいせつぶつ》を嫌がっていては研究が進まないのも事実である。

「まあ、ケリー。とりあえず昼ご飯を食べに戻ろう」

「ああ。わかった」

俺たちは拠点までゆっくりと歩いて向かう。

『ちょっといってくる！』

「ああ、いいけど、昼ご飯までに戻ってくるんだよ」

「きゅお～」

ヒッポリアスがどこかに走っていった。

とても強いヒッポリアスなら、単独行動させても安心である。

「わふっわふぅ！」

「シロ。待て」

「わふ？」

シロがついていこうとするので、俺は止めておく。

ヒッポリアスも全力で走りたいこともあるだろう。

そして、ヒッポリアスの全力にシロはついていけない。

「シロは俺たちと一緒に拠点に帰ろう」

「わふ」

シロは素直についてきてくれた。

フィオと一緒に、俺とケリーの周りをグルグル回っている。

「シロは……あれだな」

「あれとは？」

「魔白狼《まはくろう》の亜種じゃないかもしれない」

「魔白狼じゃないならばなんだ？」

「わからない。もう少し観察が必要だ」

「そうか、わかったら教えてくれ」

「もちろんだ」

そして、ケリーはフィオの方を見た。

「フィオというか、狼耳の人族のことも調べたいな」

「それは魔物学者の範疇《はんちゅう》ではないだろう？」

「私は本来生物学者だ。魔物学者というのは、私の一面に過ぎない」

ケリーは生物全般に詳しく、当然魔獣にも詳しいと言いたいのだろう。

「そう聞くとかっこいい感じがするな」

「だろう？」

自慢げにケリーは胸を張る。
そしてその右手にはいつの間にか謎《なぞ》の生物が握られていた。

20 虫の魔獣

ケリーはその生物を、一体いつ捕まえたのだろうか。

生き物を捕まえるための、学者ならではの技術があるのかもしれない。

「ケリー？　一つ聞きたいんだが、それはなんだ？」

ケリーが握っているのは、俺《おれ》も見たことがある類の生物だ。ミミズである。

だが、とても大きい。

長さ一メトル。太さは直径〇・〇五メトルぐらいある。

大きさ的にはミミズというより、蛇《へび》である。

「ミミズだが？　テオが小便した辺《あた》りにいたんだ」

それは汚い気がする。

「ええ……汚いだろう」

「さっきも無菌だと言ったはずだが……」

やはりケリーはあまり気にしないようだ。

「新大陸のミミズはそんなに大きいのか？」

「そうらしいな。というよりも、これは魔獣のミミズかもしれぬ」

「ほう？」

「ヴィクトルたちが、農地を探していただろう？　テオ、こいつをテイムできないか？」

ミミズは畑にとって有益な生物だ。

だからケリーはそんなことを言うのだろう。

「虫でも知能が高ければ対話できるが……。試してみるか」

俺がテイムスキルを発動しようとすると、フィオが真剣な目でこっちを見ていた。

「フィオもやってみたらいい」

「やる」

「色々と考えてやるのが普通だが……。フィオなら話そうと思うだけでいい」

「わかた」

フィオはうんうんと頷《うなず》いて、真剣な表情でミミズを見つめ、対話を試みはじめた。

俺もミミズに呼びかける。

「俺たちの仲間が、急に摑《つか》んですまないな」

「――――」

だが、ミミズからは言語化された意思は流れ込んでこない。

「このミミズは確かに魔獣だ。だが知能は高くないな」

「そうなのか？」

お腹《なか》が空いている。皮膚《ひふ》が乾燥しはじめている。

そんなミミズの状況がわかるだけだ。

「フィオ、わかない！」

フィオの「わかない」とはわからないの間違いだろう。

フィオも、俺と同様にミミズの意思を言語化するのに失敗したようだ。

「そうだな。こいつは対話できるほど知能が高くないな」

「うん！」

「わからないというよりも、こいつには思考と呼べるほどのものがないのかもしれない」

俺とフィオの言葉を聞いて、ケリーは右手に持ったミミズを見つめる。

「そうか。対話できなければ、テイムはできないのか？」

ケリーの言うテイムとは狭義のテイム、従魔化のことだ。

「いや、不可能ではない。このミミズの格は低いし、強制的にテイムすることも可能だ」

「格？　とはなんだ？」

「説明するのは難しいのだがな……」


格とは魔物の総合力みたいなものだ。

魔力の強さ、肉体の強さ、知能の高さ、年齢、種族。

そういうもの全て含めた基準が「魔物の格」である。

ヒッポリアスは魔力と肉体が非常に強く、知能も高い。

加えて、種族の海カバは高位竜種だ。

それに幼体だが竜種。年齢も百歳を超えていてもおかしくはない。

格は極《きわ》めて高いと言えるだろう。

シロは、ヒッポリアスほどではないが、全般的に年齢以外の数値が高い。

種族も、正確にはわからないが、魔狼《まろう》の格は魔獣の中でも高い方である。

ヒッポリアス同様、まだ子供とはいえ、格はかなり高い方だ。

そんなヒッポリアスやシロに比べてミミズの格はかなり低い。

こっちの魔力でねじ伏せて、無理やりテイムすることも難しくはない。


「ということで、無理やりテイムすることはできるが……テイムして何をさせるかだな」

「畑を耕させたりとか」

「それはテイムしなくても、できると思うが」

「ふむ。まあそれはそうだな」

「一応、少ない量とはいえ魔力を消費するから、不要なテイムはやめておきたいところだ」

「そうか。すまない、そこまで気が回らなかった」

「気にしないでくれ」

「きにしない！」

フィオも嬉《うれ》しそうに尻尾《しっぽ》を振っていた。

俺たちの会話に混ざれて嬉しいのかもしれない。

「このミミズは、拠点に連れ帰って調べてから近くに放そうと思う」

新大陸の魔獣の調査は、ケリー本来の仕事である。

基本的に、ケリーも働き者なのだ。

ケリーはミミズを調べながら歩く。

そして、シロはミミズに興味があるようで、しきりに臭《にお》いを嗅ぎにいく。

「わぅわぅ！」

シロはどうやら、ミミズを食べたいらしい。

「シロ。食べたらだめだよ」

「わぅ？」

「だめ。あとでちゃんとお肉をあげるからな」

「わう」

なぜ、犬の仲間はミミズが好きなのだろうか。

人としては、とてもではないが、おいしそうに見えないのだが。

「フィオはミミズを見ておいしそうって思うか？」

「おいしいない」

フィオはおいしそうに見えないではなく、おいしくないと言いたいらしい。

ということは、実際に食べたことがあるのだろう。

群れが全滅してから、フィオはシロと一緒に苦労した。

狩りもあまりうまくいかず、ミミズを食べる羽目になったに違いない。

かわいそうになって、俺はフィオの頭を撫《な》でた。

「……そうか。あとでお肉沢山《たくさん》食べような」

「わふ！」

そんなことを話している間に拠点に到着する。

すでに拠点に残っていた冒険者たちがお昼ご飯の準備を進めてくれていたようだ。

21 昼食

冒険者の一人が、帰ってきた俺《おれ》たちに気づいて近づいてくる。

「おかえり。もう少しで昼飯の準備が終わるところだ」

「何か手伝うことは？」

「テオさんは休んでいてくれよ。午後からも仕事があるんだろう？」

「ありがとう。助かる」

冒険者たちの好意に甘えることにした。

一方、ケリーは、

「私は手伝おうではないか」

そんなことを言いながら、かまどの方へと歩いていく。

「おお、あり……って、なんだそれは」

お礼を言いかけた冒険者が、ケリーが手に持っているミミズを見てびくりとした。

「ん？　こいつはミミズだ。さっきそこで見つけた奴《やつ》だ」

「おい、ケリー。まさか、それを食うってのか？」

「いや、食わないぞ」

「そうか、それならよかった」

冒険者たちはホッとした表情を見せる。

冒険者たちにも、ケリーは何をするかわからない人物だと思われているようだ。

「とりあえず、ケリーも休んでいてくれ」

「ん？　手伝うが」

「いや、本当に必要ない」

「遠慮するな」

「遠慮なんかしてねーよ。どうしても手伝いたいなら、そのミミズを先に何とかしてくれ」

「ああ、そうか」

「それから手をしっかり洗ってこい」

「それもそうだな。寄生虫とかいる可能性もあるからな」

寄生虫と聞いて、冒険者たちは嫌そうな顔をする。

野外生活を頻繁に行う冒険者にとって、寄生虫は恐ろしい存在なのだ。

「本当に頼むぞ……。手洗いはしっかりな」

「ああ、わかってる」

ケリーはミミズを余っていた樽《たる》の中に入れると、川の方へと歩き出す。

手を洗いにいくのだろう。

「フィオ。シロ。手を洗いにいくぞ」

「「……わふぅ」」

フィオとシロは嫌そうだが、ケリーにしぶしぶついていく。

「テオも手を洗った方がいい」

「それもそうだな」

俺も一緒に川へと向かう。

「夕食時までには井戸を完成させるから、川に手を洗いにいくのはこれが最後かもな」

「そうだな、井戸は生活レベルを向上させる」

川に到着すると、ケリーはフィオに手洗い指導を行ってくれていた。

それが終わると、ケリーはシロの前足などを洗っていく。

「はい、右前足を出して」

「わうう」

「次は左前足」

「わう」

「後ろ足も右から洗おう」

「わぅ……」

「最後に左後ろ足」

「わぅ……」

シロは素直にケリーの言うことを聞いてはいた。

だが、明らかにどんどんテンションが下がっていっている。

手洗いが終わったころ、川の上流から、

「きゅおおおきゅおおお」

と鳴きながら、ヒッポリアスが走ってきた。

水深が浅いので、泳げないから走っているのだ。

「ヒッポリアス。もういいのか？」

『いい！』

そして、口に咥《くわ》えた大きな魚を、

『あげる！』

と言いながら、河原に置いた。ビチビチと跳《は》ねはじめる。

「おお、ありがとう」

「きゅおー」

魚は体長一メトル近くある。

俺はその魚を締《し》めて、手早く血抜きなどの処理をする。

「こんな立派な魚、ヒッポリアスが食べた方がいいんじゃないのか？」

ヒッポリアスは身体が大きい。食事量も多くなる。

成長した竜種は、体重の割に食事量は非常に少ない。だがヒッポリアスは幼体だ。

身体を成長させるために結構食べなければならない。

それでも、他の動物や魔獣に比べたら体重の割には食事量はとても少なくはあるのだが。

『ひっぽりあす、たべた！』

「魚を？」

『うん！』

単独行動を開始してから、自分で獲って食べていたのだろう。

横からケリーが尋ねてくる。

「テオ、ヒッポリアスは何て言っているんだ？」

「魚を食べてきたって」

「ほほう。どのくらい食べたんだ？」

『さんぐらい！』

「三匹ぐらい食べたそうだ」

「ほほう？　竜種の例に漏れず、体格の割に小食だな」

そう言いながら、ケリーはノートに書き留めている。

「そのぐらいの量なら、魚も猪《いのしし》も枯渇《こかつ》することはあるまい」

昨日はもっと食べていた気もする。

ヒッポリアスは竜なので、毎日食べなくてもいいのかもしれない。

テイムしているので、ヒッポリアスは俺の魔力を定期的に食べている。

だから、あまり食べなくても大丈夫というのもあるのだろう。

「ヒッポリアスは少食なのに、働き者で偉いな」

「きゅお」

俺が褒《ほ》めると、ヒッポリアスは嬉《うれ》しそうに尻尾《しっぽ》を揺らす。

「これでよしと」

ヒッポリアスからもらった魚の処理を済ませて魔法の鞄《マジック・バッグ》に入れた。

「さて、そろそろ戻ろうか」

「うん！」「わふ」

そして、俺たちは拠点へと戻る。

ヴィクトルたちも昼ご飯を食べるために戻ってきていた。

全員が集まると、ヴィクトルは点呼をする。

二十人以上いると「あれ？　あいつどこいった？」という事態もありうる。

だから定期的に集まっていなくなった者がいないか確認しているのだ。

点呼の間に、ヒッポリアスが獲ってきてくれた魚を焼く。

冒険者たちにその魚はどうしたのだと聞かれたので、きちんと説明した。

「さすが、ヒッポリアス。偉いなぁ」

「きゅお！」

冒険者たちに褒められて、ヒッポリアスは満更《まんざら》でもなさそうだ。

点呼が終わり、皆に魚と肉を配り終えると昼食が始まった。

俺とヒッポリアスが食べはじめると、フィオとシロも食べはじめる。

俺たちより先に食べないというのは、魔狼《まろう》の掟《おきて》なのだろうか。

群れのリーダーはヴィクトルだが、ヴィクトルのことは気にしていないようだ。

フィオたちを仲間にしたのが俺だからかもしれない。

「がふがふがふ」

シロは、勢いよくガツガツ食べている。

「あむあむあむ」

そして、フィオは右手でしっかり握って、食べていた。

「フィオ、手を使えて偉いな」

そう言って、俺が頭を撫《な》でると、フィオは、

「わふ！」

と言って、尻尾をぶんぶんと振った。

その様子をケリーが凝視《ぎょうし》している。

観察モードに入っているのだ。

「ケリーもちゃんと食べろよ」

「ああ……」

生返事しながらも、ケリーはもそもそと肉を食べる。

だが、目はフィオとシロから離さない。

自分の食事よりも、フィオとシロを観察することが大切なのだろう。

そこにヴィクトルがやってくる。

「ヒッポリアス、いつもありがとうございます」

「きゅお！」

ヴィクトルはヒッポリアスに魚のお礼を言いにきたようだ。

「ヴィクトル、ちゃんと食べてるか」

「もちろんですよ」

「そうか。ところで農地に適した場所は見つかったか？」

「候補地はいくつか見つかりましたよ」

「それはよかった」

「まあ、どの土地も農業をするには相当手をくわえなければいけませんがね」

「何か手伝えることがあれば言ってくれ」

「はい、お願いします」

「農業がうまくいけば、生活が安定するからな」

「はい、いつまでも狩りと採集に頼るわけにはいきませんから」

そんなことを話していると、フィオとシロを凝視したままケリーが言う。

「農地が決まったら言ってくれ。ミミズを放そう」

「ミミズですか？」

「ああ、ミミズの魔獣だ。とはいえテイムされていないからどこに行くかわからんがな」

ミミズが畑で土を耕してくれたら嬉しいが、ミミズにはミミズの事情がある。

こちらの思う通りに動いてくれるとは限らない。

「ミミズが快適だと思う環境を作り出そうと努力はしてみるがな」

「頼りにしていますよ、ケリーさん」

そんな会話をかわしながら、昼食の時間は終わる。

ヴィクトルと地質学者、数名の冒険者たちは調査に向かう。

ケリーもそれに同行するようだった。

22 井戸・風呂づくり

昼食を終えた俺《おれ》は井戸作りに着手する。

材料は充分な数が揃《そろ》っているので安心だ。

「まずは鑑定スキルからだな」

「ふんふん」「はっはっ」

フィオとシロが並んでお座りしながら、真剣な目で見つめてきている。

「フィオとシロは俺の作業を見ててくれ」

「わかた」「わふ」

「俺の作業を見るのに疲れたら、拠点の中で見回りしてくれても助かる」

「わかた」「わふ」

フィオとシロは何か指示をしておかないと、働きはじめるので注意しなければならない。

もっとゆっくり休んだり遊んだり、食べたり昼寝したりして過ごすべきだ。

フィオもシロも子供なのだ。

その点ヒッポリアスは適当に休んで遊んでいてくれるので安心だ。

ヒッポリアスも真面目《まじめ》な方だが、気の抜き方を知っている。

そして遊ぶついでにおやつまで食べてくれたりお土産《みやげ》を持ってきてくれたりもする。
今もヒッポリアスは拠点の周辺をうろうろしていた。
俺はフィオとシロの頭を撫《な》でてから、地面に向けて鑑定スキルを発動させた。
水脈を探すためである。
近くに川があるため、地下の水脈は豊富だった。
適当に掘っても水脈には当たりそうだ。
となると、次はどこに井戸があれば使いやすいかという話になる。
「やはり、拠点の中心に近い方がいいよな」
それに、かまどの近くだとより助かる。
井戸の近くに風呂《ふろ》も作りたいので、それなりに広い場所がいい。
「この辺《あた》りにするか」
俺は井戸を作る場所を決めると、意識を集中させる。
具体的なイメージを構築するのだ。
深い穴を掘らねばならないが、構造自体は単純だ。
イメージ構築はすぐに終わる。
そして俺は製作スキルを発動させる。
魔力を使って土を圧縮し、穴をつくり、集めた石を壁にしていく。
それが終わると金属でパイプを作る。

金属は大陸から魔法の鞄《マジック・バッグ》に入れて持ってきたものだ。

そして簡単な構造だが、頑丈《がんじょう》で容量の大きなポンプも作って取り付けた。

呼び水を入れて、ポンプ内を水で満たしておく。

「これで桶《おけ》でくみ上げなくても済む」

「わふ？」

「フィオ。このハンドル……」

「はんどる？」

「ああ、ハンドルってのはこれのことだ。このハンドルを上下に動かしてくれ」

「わかた」

フィオはとてとてとかけてきて、ハンドルを両手で握る。

そして、「わふぅぅうわふぅぅ」と言いながら、上下にゆっくりと動かした。

「重たいか？」

「だいじょぶ！」

しばらくすると、水がパイプからバシャバシャと流れはじめた。

「みず！　でた！」『わふ！」

フィオとシロは尻尾《しっぽ》を振ってはしゃいでいる。

俺は、そんなフィオとシロの頭を撫でた。

「フィオ、よくやったな」

「わふぅ」

フィオは五歳児並みの身体、体重も軽い。

そんな小さなフィオでも扱えるのなら、ポンプの設置は成功と言っていいだろう。


俺は次に風呂の製作に取り掛かることにした。

風呂の製作と一言で言っても、やることは色々だ。

作らなければならないのは浴槽《よくそう》、洗い場、水供給機構といった直接的な風呂の設備。

他には風呂に付属する脱衣所や、それら全てを覆《おお》う建物もいる。

露天風呂もあった方がいいかもしれない。

「まずは……浴槽からだな」

浴槽から作った方が、なんとなく作りやすい気がしたからだ。

すると、フィオが首をかしげた。

「よくそ?」

「あったかい水を溜《た》める場所のことだ」

「おゆ!」

フィオは、お湯に触れたことがないかもしれない。

だから、お湯という言葉はわからないかもと思ったのだが杞憂《きゆう》だった。

「そうだ、お湯を溜めるんだよ。そこに入ると気持ちいいんだ」

「おゆ！」「わふぅ！」

フィオとシロは尻尾をばっさばっさと揺らしている。

どうやら、すごく楽しみにしているようだ。

「フィオもシロもお湯に入ったことあるのか？」

「ある！」

「ほほう？　どこで入ったんだ？」

「あち！」

そう言って、フィオは遠くを指さす。

方向は川や海と逆方向。山の方である。

「あっちにお湯が溜まっている場所があるのか？」

「ある！」「わふぅ」

フィオもシロも天然の温泉が湧《わ》き出ている場所を知っているようだ。

そして、フィオもシロもお風呂に入るのが好きらしい。

その割には、フィオもシロも、汚すぎる気がする。

「よく入るのか？」

「……ない」「……わぅ」

予想した通り、最近はお風呂に入れていないらしい。

シロが言うには、熊の縄張りになったから近づけないようだ。

「なるほどな。大変だったな」

「「わふぅ」」

「フィオは濡《ぬ》れた身体をどうやって乾かしていたんだ?」

「わふぅ～。なめた。みなあたかい」

どうやら、温泉から上がったフィオを狼《おおかみ》たちがぺろぺろ舐《な》めたようだ。

そして、その後は群れのみんなが寄り添ってくれたらしい。

狼たちが温《あたた》めてくれたのなら、風邪《かぜ》もひくまい。

群れが全滅してからは、シロしかいない。

皆で団子になって温まるというのも難しい。

そのうえ天然温泉のあった辺りが魔熊《まくま》の縄張りになってしまった。

フィオもシロもそれでお風呂に入れず汚くなってしまったのだろう。

「ぴゃ」

「おお、ヒッポリアス、戻ってきたのか」

『もどった。ておどーるてつだう?』

「んー、今は大丈夫だ。ありがとうな」

そう言うと、ヒッポリアスはフィオとシロを舐めたりしはじめた。

面倒を見てくれているのだろう。ありがたいことだ。

おかげで俺は浴槽づくりに集中できる。

材料を並べて、浴槽の形をイメージしていく。
なるべく大きい方がいい。
本当はヒッポリアスも入れるぐらいの大きさにしたい。
だが、それはさすがに、資材的にもスペース的にも難しい。
そこで、十人が楽に入れるぐらいの浴槽をイメージする。
五メトル四方もあればいいだろう。深いところと浅いところを作る。
形が決まれば使う材料の量も決まる。
集めた素材の量も考えながら、何を使って浴槽を作るか決める。
熱が冷めにくい素材がいい。沢山《たくさん》のお湯を温め直すのは大変だからだ。
「耐久性は石の方が高いが……。木の方が熱伝導率が低いんだよな」
ならば木で浴槽を作るといいかもしれない。
だが、木の場合、耐久性には不安が残る。
毎日、水を抜いてきちんと洗って、乾燥させたらそう簡単に傷んだりしない。
そう昔、風呂作り職人に聞いたことがある。
だが、大型の浴槽だ。毎日お湯を抜くのも大変だ。
「中空の構造にするか」
身近な物質の中では、空気の熱伝導率の低さは圧倒的だ。
中空にすると一気に冷めにくくできる。

「中空構造の石で浴槽を作ればいいか。底面補強は木でやろう」

浴槽の底面の面積は五メトル四方ほどになる。

中空構造だけだと、割れやすいかもしれない。

底面を支えるために、中空構造の中に木を加工して適度に並べればいいだろう。

純粋な中空よりは熱伝導率が上がってしまうが、強度を重視した方がよい。

石の中にケイ素で一枚のガラス状の板を挟み込めば水も漏《も》れまい。

製作スキルを使えば、継ぎ目の全くないものを作れる。

中の木が腐ることも防げるだろう。

形と素材と構造が決まったので、イメージ構築に入る。

できるだけ精確にイメージした後、一気に製作スキルを発動させた。

見る見るうちに浴槽ができていく。

構造を少し複雑にしたので、多少時間はかかったが、無事完成した。

「うむ。いい感じだ」

「わふぅわふぅ！」

フィオは興奮気味だ。どんどん浴槽が完成していくさまは面白《おもしろ》かったのだろう。

「次に洗い場を作って、給水機構と排水機構だな……」

洗い場は難しくない。一気に作る。

石を素材にして床を作る。そこに少し傾斜をつけて水はけをよくした。

滑らないよう、あまりつるつるにしないように気を付ける。

「次は給水機構か……」

給水機構だが、途中までは先ほどの井戸とほぼ同じだ。

だが、大切なのは水を温める機能だ。

「一気に水を温めることができる魔道具でも作れたらいいんだが……」

俺の製作スキルで魔道具を作ること自体はできる。

だが、魔道具ともなると、特殊で高価な材料が沢山必要になる。

そして、その材料は手持ちにはない。

魔道具なしで、一旦《いったん》、水を溜めて加熱させる装置を考える必要がある。

「……ヴィクトル、何か持ってないかな？」

「ふぃお、きてくる！」

「いや、大丈夫だ、ありがとうな」

フィオの言葉はたどたどしいので、俺じゃないと正確に読み取るのが難しい場合がある。

「じゃあ、テオさん、俺が聞いてきますよ」

近くで作業していた冒険者がそう申し出てくれた。

「すまない。頼む」

「いえいえ。お安い御用ですよ」

だが、今ヴィクトルがどこにいるのか、探すのに手間取るかもしれない。

「フィオ、シロ、ヴィクトルのところまで案内してあげてくれ」

「わかた！」『わふ」

シロは鼻がいい。ヴィクトルの位置も正確に見つけ出すだろう。

そして、フィオは、シロの通訳だ。

「いく」『わふ！」

フィオはシロの背に乗って走り出す。その後を追って、冒険者は走っていった。

「フィオ、シロの背に乗ったりするんだ……」

フィオがシロの背に乗るのは初めて見た。

フィオは五歳児並み。シロの体胴長は一・五メトルほどだ。

シロの方がフィオよりもずっと大きい。そしてシロは力がものすごく強い。

フィオを乗せるぐらいシロにとっては、大した負担ではないのだろう。


「さて……」

俺はフィオたちを見送ったので、作業に戻る。

「給水設備はフィオたちが帰ってから考えるとして……」

魔道具があるかないかで根本的に構造が変わる。

あるかないか確認してから、考えた方がいい。

「とりあえず、排水機構を作っておくか」

とりあえずは洗い場からの排水である。

「うーん。生活排水。調理場の排水とトイレの水なども処理する方法を考えねば……」

とりあえずは大きな下水槽を作って溜めればいいだろう。

それに川に流せるぐらい綺麗《きれい》な水へと浄化する機構を取り付けねばなるまい。

「とりあえず、下水槽だけ作って、浄水機構は明日作るか」

俺はさっそく下水槽の製作に入る。

構造も簡単だし、すでに材料も全て集まっている。

決めるのは下水槽を配置する場所だけだ。

後々、トイレの下水も流す予定なので、拠点のすぐ近くではない方がいいかもしれない。

臭《にお》いが漂ってきたら困る。

そして流す以上、拠点より低い位置にある方がいい。

あとで浄化機構を取り付けることを考えると、広めのスペースも欲しい。

「うーん、この辺りにするかな」

「きゅお」

「ヒッポリアス、申し訳ないんだが、材料を運ぶのを手伝ってくれ」

「きゅ！」

俺とヒッポリアスは拠点へと戻る。

俺は魔法の鞄に石を入れて、ヒッポリアスには大きめの石を口で運んでもらった。

おかげで材料運びはすんなり終わった。

「ありがとうな、ヒッポリアス」

「きゅお！」

お礼にヒッポリアスを沢山撫でてから、俺は下水槽の製作に入る。

構造も簡単なのでイメージも難しくない。

材料を並べて一気に作る。

ケイ素の多く含まれる石を使って、ガラス質の層を作って水漏れしないように気をつけた。

開閉可能な広めのふたを取り付けて、メンテナンスも可能にする。

「あとはこの下水槽にパイプをつなげればいいな」

「きゅお！」

ヒッポリアスと一緒に拠点へと戻ってパイプを作る。

金属の在庫は無限ではない。節約しながら作っていく。

「大量の金属があれば便利なんだが……」

いま在庫を気にせず使える材料は石と木しかない。

基本はそれで何とかするしかないのだ。

俺は洗い場と浴槽からの排水パイプを下水槽へとつなげ終えて拠点へと戻る。

するとヴィクトルに聞きにいってくれた冒険者が戻ってきていた。

フィオとシロも一緒である。

「待たせたか。すまない」

「いえ、待ってないですよ！」「ただま！」「わふぅ！」

「それで、どうだった？」

「ヴィクトルさんが、これをテオさんに渡してくれって」

「おお、水を温める魔道具があったのか」

それは一辺〇・五メトルの金属製の立方体だった。

立方体の上下にはパイプを接続できそうな場所がついている。

「ヴィクトルさんは、渡すのを忘れていましたと言っていました」

うっかりするとはヴィクトルらしくない。

「きっと、ヴィクトルさんは、魔道具作りのための材料がないことを忘れていたんでしょうね」

「説明したことはあるんだがな……」

「はい、ヴィクトルさんも知っていたはずですが、ついうっかりしたんでしょう」

「ヴィクトルは忙しいからな。決めることも沢山あるし」

「たしかにそうですね」

俺と冒険者が話している間、フィオとシロは四角い箱をじっと見つめていた。

ヒッポリアスもフィオとシロの横に並んで目を輝かせている。

フィオもシロもヒッポリアスも好奇心が強いのだ。

だから、俺はみんなにも見えるようにして、四角い立方体を観察する。

「持ってみるとすごく軽いんだな」

「はい。だから走ってこられました」

軽いということは、中空ということだ。

中に水を通すのだろう。

「とりあえず、鑑定スキルだな」

俺は立方体に鑑定スキルを発動する。

「あ、なるほど。これは随分と高性能な魔道具だな」

「高性能っていうと、やっぱり高価なんですか？」

「ああ、相当高価な品だ。これ一つで王都に屋敷が建つかもしれない」

俺がそう言うと、冒険者は一瞬固まった。

フィオたちは、屋敷の値段とかがわからないので、首をかしげている。

驚愕《きょうがく》から立ち直った冒険者が言う。

「……水を温めるだけなのに、そんなに高いんですか？」

「同種の魔道具の中でも、ものすごく効果が高い。結構な量の水を一瞬で沸騰《ふっとう》させられる」

「結構な量って、具体的には？」

「この立方体と同じぐらいの量はいける」

「へー？」

冒険者にはすごさがわからないようだ。

水をこの魔道具に通せば、熱湯になって出てくるのだ。

風呂の水を溜めるのにもさほど時間はかかるまい。

実際にやって見せれば、冒険者もすごさに気づくだろう。

俺が魔道具を組み込む給水機構について考えていると、冒険者が言う。

「それにしても、ヴィクトルさんはそんな魔道具も持ってきているとは準備がいいですね」

「これは相当有用な魔道具だぞ」

「お風呂にお湯を張るには便利だけど、お湯自体は魔道具なしでも作れますし……」

「そんなことないぞ。これがあるとないとでは大違いだ」

風呂以外でも、お湯は生活で色々使う。冬になれば消費量も多くなるだろう。

水を温めるのは魔道具じゃなくてもできる。

火を起こせば簡単だ。だが、火を起こすには燃料がいる。

調査団の使うお湯全ての分の燃料ともなると、かなりの量だ。

大量の燃料を作る労働力も少ないものではない。

木を倒して運んで、細かく切って乾かして燃料にしなければならないのだ。

ヒッポリアスがいるから倒して運ぶという労力は楽になった。

だが、出航前にはヒッポリアスが仲間になってくれるとは誰《だれ》も思っていなかった。

「燃料と労働力の節約のために、これをヴィクトルは持ってきたんだろうな」

「なるほどー」「わふぅ～」「きゅお～」

冒険者とフィオ、シロ、ヒッポリアスが感心した様子でこくこくと頷《うなず》いていた。

その後、冒険者は他の冒険者に呼ばれてどこかへ行くことになった。

彼らにも彼らの作業があるのだろう。

「じゃ、俺はこれで！」

「ありがとう。助かったよ」

「あいあと！」「わふわふ！」「きゅおぅ～」

俺がお礼を言うと、フィオたちもお礼を言う。

「いえいえ！　いつでも言ってくださいよ！」

冒険者は照れながらそんなことを言って、走っていった。


そして俺は作業に戻る。

まずは鑑定スキルで地下の水脈を改めて調べる。

川が近くにあるおかげで、拠点の地下には水脈は豊富なのだ。

目星をつけて一気に製作スキルを発動。

先ほどの井戸づくりと基本的に途中までは同じ。

水を汲《く》み上げる機構も、井戸づくりとほとんど同じだ。

だが、水の汲み上げ量を井戸よりも増やしてある。

井戸に比べて、パイプを太くして、ポンプも大きく作った。

「さて……。ここからが少し面倒だな」

まず水が流れるラインを二つに分ける。

一つは冷水用。もう一つは温水用だ。

冷たい水を風呂で使いたいときに、外の井戸から持ってくるのは大変だからだ。

「冷水はこの場で使う分だけだが……、温水は冬までに各戸に配りたいよな」

かまどでも、温水を使えるようにしたい。

それに今はかまどだけだが、そのうちキッチン兼食堂の建物を作りたいものだ。

「温水は拡張性を残さないとな……」

今は加工用の金属の量が充分ではないので、拠点中にパイプを張り巡らすのは難しい。

とりあえず、湯船と洗い場にパイプを通せばいいだろう。

「ついでに洗濯もできるようにしておこうか」

洗濯は川でやるのが一般的だが、川の水は夏でも冷たい。

冬になったら、とてもではないが耐えられる温度ではなくなる。

無理に洗濯したら凍傷《とうしょう》になりかねない。

身体を洗う場所で、ついでに洗濯もできるようにしておこう。

洗い場の端に蛇口《じゃぐち》を取り付けて、一辺二メトルほどの洗濯槽を取り付けることにする。

金属を予定より多く消費してしまうことになりそうだ。
「あとで、地質学者に金属を採掘できそうな場所がないか聞いてみるか……」
もし冬までに金属が集まらなければ、工夫して何とかするしかあるまい。
それについては、後で考えよう。
今は風呂の完成が最優先だ。
まず温水用ラインにヴィクトルから預かった魔道具を取り付ける。
この魔道具を通った水は全て沸騰寸前まで熱くなるのだ。
「ということは、パイプの太さを魔道具以降は太くしないと破裂するよな……」
熱膨張という奴《やつ》である。太さも計算してどんどんパイプをつなげていった。
温水パイプに並行させる形で、冷水パイプも敷設《ふせつ》していく。
魔道具の直後の位置でパイプを分岐させて栓をしておくのも忘れてはいけない。
拡張性を維持するためである。
パイプの敷設を終えると、動かして本当に流れているか確かめてみた。
無事、計算通りにお湯と水が流れた。これで安心である。
「ついでに浴槽にお湯も溜めておくか」
お湯を溜めるにはしばらく時間がかかる。
その間に俺は建物を建築することにした。
建物は特に珍しいことはしなくていい。

大きさと構造を決めれば、あとは建てるだけだ。

材料もヒッポリアスが採ってきてくれた材木が充分にある。

「湿気《しっけ》を逃がすために、風通しをよくするための窓もつけておかなくてはな」

とはいえ窓にガラスは使わない。外から見えないようにするためだ。

ガラスを作るのが一番大変なので、宿舎を建てるよりも楽なぐらいだ。

冬のために暖房設備を取り付けられるスペースも準備しておくことにした。

「……さて」

やることが決まれば、後は精確なイメージづくりだ。

俺は集中してイメージを構築する。

そして一気に製作スキルを発動し、建物を建築する。

宿舎同様、下から上に積み上げるようにして建てていく。

「よし、完成だ」

「「わふぅ！」」「きゅおおきゅおおー」

フィオもシロも、ヒッポリアスもとても嬉《うれ》しそうだ。

ヒッポリアスは入れないからかわいそうだ。あとで外の温泉に連れていってあげたい。

「ヒッポリアスごめんな、ヒッポリアスが入れるお風呂を作るのは難しかった」

『だいじょぶ！』

「今度、外にあるというお風呂に行こうな」

『いく！』
予定より早く風呂が完成した。だから、まだ夕方まで時間がある。
ケリーやヴィクトルたち、農地調査班は、まだ拠点に帰ってきていなかった。

23 毛布の洗濯

「風呂《ふろ》に入りたいところだが……」

「はいる！」『わふぅ！』

フィオとシロはぴょんぴょん飛び跳《は》ねて尻尾《しっぽ》を振っている。

「特にフィオとシロは、早くお風呂に入るべきだが……」

フィオの替えの服がない。

俺《おれ》の荷物から適当な布を持ってきて加工するのは可能ではある。

だが、ちゃんとした服をケリーは持っていると言っていた。

せっかくなら、その服を着せてあげたい。

「ふぃおはいる！」『わふぅ』

「いや、替えの服がないからな……。ケリーに言って、服をもらってからだな」

「もらてくる！」『わふわふぅ！』

フィオはシロの背にぴょんと飛び乗ると、走っていった。

やはりシロはとても走るのが速い。あっという間に見えなくなった。

「さて、俺は毛布《もうふ》でも洗っておこうかな」

『てつだう？』

「大丈夫だよ」

昨日フィオとシロが使った毛布が、ヒッポリアスの家にある。

フィオとシロにはノミとダニが結構ついているのだ。

洗濯しておかないと、身体を洗ってもまたノミやダニがついてしまう。

俺はヒッポリアスの家に行き、フィオとシロの毛布を回収する。

そして俺の使った毛布もついでに回収した。

それをお風呂の洗い場の隅に作った洗濯場に持っていって洗うのだ。

「ヒッポリアス、待っていてくれ」

「きゅう」

ヒッポリアスがさみしそうに鳴く。

早く、ヒッポリアスも入れるお風呂を作ってやりたいものだ。

俺は毛布を持ったまま洗い場へ行くと、洗濯槽に毛布を放り込む。

そして熱湯を注《そそ》ぎこんだ。これでダニもノミも死ぬだろう。

それから棒を突っ込んで、じゃぶじゃぶする。

お湯がどんどん黒くなっていく。

「こんなに汚れてたのか……」

この毛布は長い間洗濯もせず使い込んでいた。

その長年の汚れだろう。

お湯をいったん抜いて再びお湯を入れた。そしてまたじゃぶじゃぶする。

それを二回繰り返すと、お湯がさほど汚れなくなった。

「このぐらいでいいか」

熱湯を抜いてから、蛇口をひねって冷水を流す。

栓はせずにそのまま排水しておく。

その間に俺は裸足《はだし》になり足を洗ってから、洗濯槽に入る。

足で毛布を踏んだ。踏むたびに汚れた水が流れていく。

「……なんか楽しくなってきたな」

毛布を踏むのは楽しいのだが、水が冷たいので足が冷える。

汚い水があまり出なくなったところで洗濯を終える。

軽く足で踏んで水を絞ってから持ち上げる。

それでも洗濯前に比べたら相当重くなっていた。

重くなった分は水である。乾かさなければなるまい。

お風呂の建物から外に出ると、ヒッポリアスが待っていた。

「待っててくれてありがとうな」

「きゅお」

「ヒッポリアス、背中を借りていいか？」

『いい！』

俺はヒッポリアスの背中を綺麗《きれい》に拭いて、毛布を掛けた。

「きゅう〜〜」

「冷たかったか？」

『だいじょぶ』

「急いで物干し台を作るから待っていてくれ」

『わかった！』

ヒッポリアスが集めてきてくれた材木を使って、物干し台を作ることにする。

構造は単純なので、製作スキルを使えば一瞬で製作できるのだ。

「これでよしと。頑丈《がんじょう》な物干し台ができたな」

しっかりしたものを製作することができたので、これからも使えるだろう。

俺はヒッポリアスの背中から、物干し台に毛布を移す。

「きゅおー」

「どした？」

『かわく？』

「……それは難しそうだな」

今が午前中なら日没までに乾燥しただろう。

だが、今は日没まで二、三時間と言ったところだ。乾かないだろう。

「脱水する道具でも作ろうか……」

俺は余った石を持ってきて並べる。

それを製作スキルを使って、二枚の大きく平らな板へと変形させる。

さらに靭性《じんせい》を上げて、砕けにくいようにする。

『なにこれ？』

「洗濯物を絞る道具だよ」

「きゅお？」

首をかしげるヒッポリアスの頭を撫《な》でてから、二枚の毛布を板の間に挟む。

毛布は綺麗に折りたたんで、二枚を並べる。

「ヒッポリアス、そーっと板の上に乗ってくれ」

『わかった！』

ヒッポリアスはゆっくりと板の上に乗る。

重い体重に押しつぶされて、水が毛布から出てきた。

結構な量の水がジャバジャバ出てくる。

「思ったより出るもんだな……。さすがヒッポリアス」

「きゅお！」

俺が褒《ほ》めるとヒッポリアスはぶんぶんと尻尾を振る。

すると体重移動が起こるのか、水がさらに出た。

しばらくすると、水が出なくなる。

「よし、ヒッポリアス、降りてくれ」

「きゅ！」

ヒッポリアスにどいてもらって、毛布を取り出す。

持ち上げてみると、先ほどより大分軽くなっていた。

「うん。かなり絞れたな。ヒッポリアス、ありがとうな」

「きゅお！」

改めて毛布を物干し台にかける。

だいぶ絞れたと思う。

それに今日は天気もいいし、風もある。乾きは早い方だろう。

それでも、日没までに乾燥が間に合う気はしない。

「今日一日ぐらいなら、毛布なしでもなんとかなるかな」

ダニ問題さえなければ、洗濯を明日に回せたのだが仕方がない。

俺がヒッポリアスと一緒に毛布を眺めていると、

「てお！」「わふぅ」

フィオとシロがケリーを連れて帰ってきた。

24 ダニ退治

ケリーは風呂《ふろ》の建物を見て、

「ほほう！　これは立派だ」

と褒《ほ》めてくれた。

「ありがとう。ケリー、そちらの仕事は大丈夫だったか？」

「ああ、私の仕事は終わっていたからな。ヴィクトルたちもすぐに戻ってくる」

「それならよかった。ところで……」

「わかっている。フィオとシロをお風呂に入れればいいんだろう」

「そうなんだが、頼めるか？」

「もちろん構わない。少し待っていてくれ」

そう言うと、ケリーは自分の宿舎に走っていく。

そして、すぐに荷物を抱えて戻ってきた。

「よし、フィオ、シロ！　風呂に入るぞ！」

「「わふ！」」

「ケリー。道具の使い方を教えよう」

「頼む」

俺《おれ》はケリーとフィオとシロに風呂場の使い方を教える。

お湯の出し方や温度調節の仕方などだ。

「ほほう。これは便利だな」

「すごい」『わふ！」

ケリーはすぐに使い方を理解してくれたようだ。

「じゃあ、頼む。困ったことがあったら言ってくれ」

「ああ！」

「「わふわふぅ！」」

フィオとシロは嬉《うれ》しそうに尻尾《しっぽ》を振っていた。

よほどお風呂が楽しみだったとみえる。

俺はフィオたちをケリーに任せて建物を出る。

そしてヒッポリアスと一緒に家へと戻った。

「掃除をしよう」

『そうじ？』

「うむ。ダニが落ちてそうだからな」

「きゅおー」

俺は魔法の鞄《マジック・バッグ》から、虫よけのお香を取り出した。

そして五枚ほど皿を出して、皿の上にお香を載せて家の四方と中央に置いて火をつける。

煙がモクモクと上がり、ツンとした強い臭《にお》いが漂《ただよ》いはじめた。

「臭《くさ》いが虫よけにはこれが一番だからな……」

『くさい！』

「そうなんだ。臭いんだ。ヒッポリアス、一緒に外でしばらく待とう」

嗅覚《きゅうかく》の鋭い動物にとってはきつい臭《にお》いだ。

人間なら臭《くさ》いと感じるが、我慢できなくはない程度である。

人体には害はないのだが、結構きつい。

「煙がすごいですね。どうしたんですか？」

ヒッポリアスの家から煙が漏《も》れているのを見て、若い冒険者が走ってきた。

「虫よけだ。フィオとシロがダニを連れてきたからな」

「ああ、あれですか。噂《うわさ》で聞いたことあります。臭い奴《やつ》ですね」

「ああ、臭い奴だ」

この虫よけの香は冒険者たちの間では、その臭《にお》いで有名なのだ。

「俺の持っている香なら、そんなに臭いはきつくないですけど使いますか？」

若い冒険者は、そんなことを言ってくれる。

だが、少し遅れてやってきたベテランがその若い冒険者の肩に手を置いて言う。

「臭いがきつくない奴はな、ダニたちにとってもきつくないんだよ」

「そうなんです？」

「ああ。その香は気休め程度だ。だがテオさんが使った香は本当に効果が高い」

非常に臭《くさ》いが、その効果の高さから未《いま》だにベテランたちの間では根強い人気があるのだ。

「久しぶりに嗅《か》いだ気がする。懐かしいな」『ぶおおお」

「ああ、俺ぐらいになると、この臭《にお》いを嗅ぐと落ち着くぐらいだ」

「さすがに、それはおかしいだろ」『ぶおおおぅぅ」

冒険者たちは笑いあっているが、ヒッポリアスは「こいつらおかしい」と鳴いていた。

そのぐらいヒッポリアスにはあり得ない臭いなのだろう。

それから、ヒッポリアスは「きゅうぅ」と不安そうに鳴きながら俺のもとに来る。

俺はそんなヒッポリアスの下あごを撫《な》でまくった。

「大丈夫。臭いはきついが残りにくいからな」

『ほんと？』

「うむ。煙が消えてから、換気すれば、大丈夫だ」

人間なら換気しなくてもほとんど気付かないレベルで臭いは消える。

嗅覚の鋭い魔物でも、換気さえすれば大丈夫だ。

かつて従魔にした嗅覚の鋭い竜がそう言っていたので間違いない。

「一応換気した後、拭き掃除もするから臭いは残らないはずだ」

『わかった』

かすかに臭いが残っていたとしても拭き掃除で消える。

ダニの死骸《しがい》も綺麗《きれい》にできるから安心だ。

俺がヒッポリアスと数名の冒険者たちでモクモク出る煙を眺めていると、

「火事かと思ってびっくりしましたよ」

そう言いながら、ヴィクトルがやってきた。

ヴィクトルは少し息が上がっている。

煙を見て急いで駆けつけてくれたのだろう。

「ヴィクトル、驚かせてすまない。仕事の邪魔をしてしまったか？」

事前に連絡すべきだったかもしれない。

「いえいえ。仕事が終わって帰っている途中で気づいたので問題はないです」

「それならよかった。でも驚かせたのは変わらないな。今度からはなるべく事前に言おう」

「お願いします。これは虫よけですね。私も持っていますよ」

「やっぱり効果はこれが一番だからな」

「ええ。この煙の量、結構な量を焚《た》いたのですね」

「ヒッポリアスの家は大きいからな」

そんな話をした後、ヴィクトルは風呂の建物の方を見る。

「おお、思っていたより立派なものができましたね」

「ヴィクトルが魔道具を貸してくれたおかげだ」

「お役に立てたのなら何よりです」

「いま、ケリーにフィオとシロを洗ってもらっているんだ」

「それがいいでしょう。フィオさんとシロは衛生上あまりよくない状態でしたからね」

「フィオたちが出てきたら、風呂場の使い方を皆に教えよう」

すると冒険者たちは歓声を上げた。

みな、お風呂に入りたかったのだろう。やはりお風呂は気持ちいいのだ。

冒険者たちが歓声を上げる中、若い冒険者の一人が近寄ってきた。

「テオさん、毛布洗ったんですか？　まだ乾いてませんよね」

「ダニを退治する必要があってな。脱水装置も作ったんだが夜までに乾燥させるのは無理だな」

「テオさん、脱水装置ってなんだい？」

他の冒険者が脱水装置に興味を持ったようだ。

そこで皆に脱水装置の使い方を教える。

「この石の板二枚の間に洗濯物を挟んで水を絞るんだ」

「この板、大きいのに軽いな」

「俺の製作スキルで作った奴だからな。軽くて頑丈な板にしてある」

「きゅお！」

「ヒッポリアスの手が空いていたら、乗って絞ってくれるそうだ」

「おお、それは助かる」

冒険者たちがヒッポリアスを撫でまくる。
ヒッポリアスは満更《まんざら》でもないように、尻尾をゆっくりと振っていた。
そんなことをしている間に、虫よけの香の煙がおさまった。
「ちょっと換気してくるから、ヒッポリアスは外で待っていてくれ」
「きゅお！」
俺はヒッポリアスの家に入る。嫌な臭いがまだ漂《ただよ》っていた。
そこで、俺は全ての窓を全開にする。
気持ちのいい風が吹き抜けていった。臭いもどんどん消えていく。
「……この後処理の簡単さもこの虫よけの香の便利さだよな」
俺は気持ちのいい風の中、濡《ぬ》らした雑巾《ぞうきん》で床を拭いていく。
本当に風が心地よくて、雑巾がけも苦にならない。
汚れたフィオとシロの泥でついた足跡なども綺麗に拭きとる。
ヒッポリアスの足跡や尻尾の跡もあった。
これからは家に入る前にシロとヒッポリアスを拭いてやった方がいいかもしれない。
フィオには何か履物《はきもの》を用意すべきだろう。
素材さえあれば、衣服も靴も製作スキルで作れるのだ。
だが俺には衣服にも靴にも大した知識がない。
技術あるものが丁寧《ていねい》に作ったものには、俺の製作スキルでは勝てないのだ。

実は家などもそうだ。
熟練の大工が、いい建材を使い時間をかけて丹精《たんせい》込めて作った建物には勝てない。
千年使える建物を作りたいなら製作スキルは向かない。
俺の製作スキルの利点は、その速さと低品質の材料でもいいものが作れる点だ。
冒険の途中で使う分には全く問題がない。
調査団においても最適なスキルと言えるだろう。
「フィオの靴……草鞋《わらじ》なら、いけるかな」
靴などは繊細な技術が求められる。
ほんのわずかな差でも、靴擦れなどで痛い思いをする羽目になる。
「うーむ……。冬までには何とかしないとな……」
フィオの靴は後で作るものリストに加えておこう。
他にはどんなものを作ろうか。
各戸に照明を配りたい。
冬までには暖炉と温水パイプを各戸につなげたい。
それにキッチン機能を持たせた食堂も作りたい。
「それを考えると、各戸と食堂、それに風呂を廊下でつなげたいな」
冬の日はもちろん、夏でも雨の日に屋外を移動するのは面倒だ。
ヒッポリアスの移動を妨げない程度に建物と建物をつなげる方法を考えよう。

「なるべく急ぐか」

まだ夏だが、油断していると冬はあっという間にやってくる。

「そういえば、近くに魔熊《まくま》もいるしな……」

拠点を柵、いや壁で囲いたい。真夜中に襲われたら危ないからだ。

「金属の採掘もしたいな……」

夕食時にでも地質学者に相談しよう。

そんなことを考えているうちに、拭き掃除が終わった。

「よし。綺麗になったな」

「きゅお！」

そして俺はヒッポリアスの家から出る。

「ヒッポリアス。臭いが消えたか確かめてくれ」

『わかった！』

「その前に足を拭こう」

『わかった！』

ヒッポリアスの足を綺麗に拭いて、地面によく触れている尻尾も綺麗に拭く。

大きいので少し時間がかかった。

「よし、いいぞ」

「きゅぉお」

ヒッポリアスは元気に尻尾を振りながら、家の中へと入っていく。

臭《くさ》いかもと不安がる様子は全くない。

臭《にお》いが消えると言った俺の言葉を心の底から信じてくれているようだ。

「きゅお～～」

「臭《くさ》かったか？」

『くさくない！』

「そうか、それならよかった」

ヒッポリアスは、ご機嫌《きげん》に床をゴロゴロと転がる。

「よーしよしよし」

俺はそんなヒッポリアスのお腹《なか》を撫でる。

ヒッポリアスは転がるのをやめて、仰向《あおむ》けで尻尾をゆったりと揺らした。

「きゅおきゅぅお」

「ヒッポリアス、今日もおつかれさまだったな」

『ておどーるもがんばった！』

「そうか、ありがとう。そうだ。魔力をあげよう」

『まりょく！　ひっぽりあす、ておどーるのまりょくすき！』

「そうかそうかー」

俺はヒッポリアスに自分の魔力を分け与える。

テイムしたときに、俺とヒッポリアスは魔力回路がつながっている。

だから、気軽に魔力を分け与えることができるのだ。

しばらくヒッポリアスと遊んでから外に行くと、干してある毛布の横に冒険者がいた。

そいつは魔導師の冒険者である。

「テオさん。この毛布、魔法で乾かそうか？」

「それは助かるが、いいのか？」

「ああ。一昨日から、ずっと魔法を使ってないからな。魔力が余っているんだ」

「そういうことなら、頼む」

「任せてくれ」

冒険者は魔法で熱風を出して毛布にぶつける。

炎魔法と風魔法の混合魔法だ。魔導師として、かなりの力量である。

「よし、これで乾いたな」

あっという間に毛布は乾いたのだった。

「ありがとう、すごく助かったよ」

俺は魔導師の冒険者にお礼を言う。

「気にすんな。テオさんには、俺たちの方がもっと助けられてるからな」

「ああ、昨日も野宿しなくて済んだし。今日は風呂にも入れるしな」

「風呂なんて数年入れないと覚悟してたぜ！」

そんなことを冒険者たちが言っている。
俺は冒険者にもう一度お礼を言って、毛布を取り込み家に入れた。

25 風呂と夕食の準備

家の中で毛布《もうふ》を畳《たた》んでいると、風呂場《ふろば》の方がざわめいた。

「おお……」『すげえ」

「そうだろうそうだろう」

ケリーがどや顔してそうな声まで聞こえてくる。

「フィオたちが、風呂から上がったみたいだな」

「きゅお」

俺《おれ》とヒッポリアスは風呂場の方へと走る。

そこには身ぎれいにしたフィオがいた。

もじゃもじゃの髪の毛も綺麗《きれい》に梳《と》かされていて、耳も尻尾《しっぽ》もモフモフだ。

服も靴も、きちんと綺麗なものを身に着けている。

やっとフィオは、ちゃんとした子供に見えるようになった。

「フィオ、似合ってるじゃないか」

「わふぅ」

俺が頭を撫《な》でると、フィオは尻尾をビュンビュンと振った。

モフモフになった尻尾が揺れている。

「ケリー、ありがとう」

「あいあと！」

「気にするな！　服も靴も余りものだからな」

ケリーとフィオは仲良くなったようだった。

「そして、シロは……」

「わぅ！」

シロは行儀よくお座りして、こっちを見ている。

冒険者たちがざわめいたのは、シロを見たからでもあるだろう。

そうすぐに判断できるぐらい、シロは立派な狼《おおかみ》になっていた。

「シロも毛並みがよくなって、見事なもんだ」

「わふぅ」

まだ瘦《や》せているが立派な魔狼《まろう》に見える。

子狼《こおおかみ》だが、シロは体胴長一・五メトルはあるのだ。

そして、薄汚れた白ではなく、白銀色《しろがねいろ》の美しい毛並みになっていた。

俺はそのシロの毛を優《やさ》しく撫でる。

「シロの毛って、白っていうより銀色だったのか？」

「そうらしいな！　私も驚いたよ」

シロの毛は本当に綺麗な白銀色だった。

「汚れていたせいで、白が汚れた灰色に見えていたのか」

「シロは魔白狼《まはくろう》の亜種ですらないかもしれない」

「ほう？」

「詳しくはまだ何とも言えぬが……。魔白狼より上位種かもしれない」

シロの毛並みはとても立派なので、俺もそんな気がした。


その後、俺はヴィクトルや冒険者たちに風呂の使い方を説明した。

俺の説明が終わると、早速女性陣が入るようだ。

その間に俺たちは夕食の準備を始める。

夕食準備の作業中、俺は地質学者に尋ねた。

「この辺《あた》りに金属を採掘できる場所はないだろうか」

「金属か。何がいるんだ？」

「パイプを作りたいんだ。だから鉄が沢山《たくさん》欲しい」

「ふぅむ。鉄はポピュラーな物質だからな。量はともかく探せばあると思うが……」

少量でいいならば、川で砂鉄を集めれば充分だ。

だが、それでは量が全く足りない。

「黄鉄鉱《おうてっこう》や磁鉄鉱みたいな鉱石が採集できる場所があれば、一番なんだが……」

今のところ、この付近では見つかってはいない。

「やはり、川で砂鉄を集めるしかないか？」

「そりゃ砂鉄はあるだろうが、沢山集めるのは大変だぞ」

「ふむ」

「だが、まあテオのスキルを使えば、集めることは可能かもしれないな」

そう言って地質学者は色々と教えてくれた。

鉄は比重が重い。だから、うまくやれば土砂《どしゃ》と砂鉄を分けることができるという。

「砂鉄を多く含む花崗岩《かこうがん》とかが上流にあればよいのだが……」

花崗岩を砕いて川に流し、比重の差で砂鉄と土砂を分ける手法があるという。

それに花崗岩が川沿いにあるならば、自然に川底や海岸に砂鉄はたまるらしい。

「砂鉄は重いからな」

「それはいいことを聞いた。明日、川をさかのぼって見にいってみるかな」

「花崗岩は見分けられるか？」

「俺には鑑定スキルがあるから大丈夫だ」

「そうか。製作スキルとテイムスキルばかり目立っているから忘れていたよ」

地質学者と相談をしている間に夕食の準備が終わる。

そのころには女性陣も風呂から上がってきた。

皆で夕食を食べた後、俺は着替えを持ってヴィクトルたちと風呂へと向かう。

「ヒッポリアス、すまない」

『いい』

「本当にすまないな」

ヒッポリアスは身体《からだ》が大きいのでお風呂に入れないのだ。

俺は心苦しさを感じながら、身体を洗って浴槽《よくそう》に入った。

すると、先に浴槽に入っていたヴィクトルが言う。

「ヒッポリアスも入れるようなお風呂を作りたいですが……難しいですよね」

「そうだな……。露天風呂を作れば……」

だが、かなり広い面積を求められる。それにお湯の量も沢山《たくさん》消費する。

いくら魔道具を使って熱湯を沢山作っても、溜《た》めている間に冷めてしまうだろう。

「なかなか難しそうですね……」

「そういえば、フィオとシロが少し離れたところに露天風呂があると言っていたな」

「そこなら、ヒッポリアスも入れるかもしれませんね」

「だが、そこはいま魔熊《まくま》の縄張りらしい。下手に刺激してもな」

「ふむ。それは、厄介《やっかい》ですね」

冒険者たちとお話ししながら、ゆっくりと入るお風呂はとても気持ちがよかった。

充分に身体が温《あたた》まった後、俺はお風呂から上がったのだった。

26 二日目の夜

お風呂《ふろ》の建物から出ると、ヒッポリアス、フィオ、シロが待ってくれていた。

ヒッポリアスの背中にはフィオとシロが乗っていた。

仲良くなったようでよかった。

「きゅお」「わふぅ」

「待っててくれたのか、ありがとう」

俺《おれ》はヒッポリアスとフィオとシロを順番に撫《な》でまくる。

そんなことをしていると、俺はふと下水槽を確認したくなった。

全員が風呂に入り、排水機構が使用された。

稼働初日ということもあり排水機構がうまく機能しているか確認したくなったのだ。

「ちょっと、下水槽を見てくる。留守番していてくれ」

「いく！」「わふぅ」「きゅお」

「ありがとうな」

フィオ、シロ、ヒッポリアスがついてきてくれるようだ。

拠点より少し低い場所にある下水槽に到着すると、俺はふたを開けて中を確認する。

「うむ。きちんと流れてきているようだな」

だが、三日後、いや四日後にはあふれるだろう。

下水をそのまま川に垂《た》れ流すわけにはいかない。

急いで下水を川に流せるレベルまで処理する槽《そう》を作り上げなければなるまい。

「最優先で作らないといけないかもな」

俺は処理槽をどう作るかについて考える。

複雑な機構になりそうだ。

そんなことを考えていると、「わふぅわふぅ」というフィオの声が聞こえてきた。

声の方を見ると、ヒッポリアスの尻尾《しっぽ》にフィオがしがみついていた。

そしてヒッポリアスは尻尾をぶんぶんと振っているのだ。

フィオもヒッポリアスもすごく楽しそうである。

楽しそうで何よりだと思ったのだが、ヒッポリアスの尻尾の速度が少しだけ早くなった。

ヒッポリアスも楽しくなってはしゃいでしまったのだろう。

フィオはすっぽ抜けて、声を上げながら飛んでいく。

「わふぅぅうう」

俺はフィオを受けとめるために走るが間に合いそうもない。

フィオの近くにいたシロが走る。シロは速いが間に合わない。

俺はフィオが怪我《けが》をするのを覚悟した。

だが、フィオは「わふううぅ！」と言いながら、両足で着地する。

そのまま、ズサーっと靴を滑らせて止まる。転びすらしなかった。

なかなかの身体能力だ。

「……すごいな」

「きゅお……」

ヒッポリアスはしょんぼりと尻尾をたらす。反省しているようだ。

「フィオ、大丈夫か？」

「だいじょぶ！　わふぅ！」

フィオは走って戻ってくると、ヒッポリアスの尻尾にしがみつく。

また、ヒッポリアスに尻尾をぶんぶんしてもらいたいらしい。

「……危ないからほどほどにしなさい」

「わふ」

「それにもう日が暮れるからな、家に戻ろう」

「わかた」

そして、俺たちは拠点へと戻る。

フィオは尻尾にしがみついたまま「きゃっきゃ」と喜んでいた。

「さて、そろそろ寝るか。フィオたちは眠たいか？」

「だいじょうぶ！」「わふー」

フィオはヒッポリアスの尻尾にしがみついたままだ。

「ヒッポリアスは？」

『ねむくない！』

どうやら、ヒッポリアスたちは、まだ遊びたいようだ。

だが、すでに太陽は沈み切っている。

照明はあるが、燃料がもったいないので、日没後は寝るに限る。

「とりあえず、家に戻ろうか」

「きゅお～」『もどる！』「わふ」

ヒッポリアスの家に入る前にヒッポリアスとシロの足を拭く。

ヒッポリアスの尻尾はフィオが拭いてくれた。

それが済むと、俺が教えていないのに、フィオは靴を脱いで部屋に上がる。

ケリーに教えてもらったのだろう。

「ベッドができるまでは土足じゃない方がいいよな」

「うん？」

ベッドができるまでは、床がベッドのようなものである。

「なるべく早く、ベッドも作りたいな」

「ベド？」

「寝るための台みたいな奴《やつ》だ。そういえば、臭《にお》いはどうだ？」

「におい？」

「フィオたちがお風呂に入っている間に、とても臭《くさ》い虫よけの香を焚《た》いたんだよ」

「だいじょぶ！」「わふ」

どうやらフィオもシロも臭いとは思っていないようだ。

何よりである。

「フィオ、シロ。毛布も洗ったんだ。どうだろうか？」

「もふ！」「わふぅ」

フィオとシロは畳んであった毛布を広げて、その上で転がった。

「きもちいい」「わふわふ！」

フィオもシロも上機嫌だ。

「それはよかった」

俺も自分の毛布を床に敷く。

するとヒッポリアスがあごの先を毛布の端に乗せてきた。

大きな毛布だが、ヒッポリアスが全身を乗せるには狭い。

だから、ヒッポリアスはあごの先だけで遠慮しているのだ。

「ヒッポリアスのためにも大きな毛布を作った方がいいかな」

「きゅお」

「夏とはいえ、夜は少し冷える。寒くはないか？」

『だいじょぶ』
「そうか。寒く感じたら言うんだぞ」
『わかった～』
俺が横たわると、ヒッポリアスはあごの先を俺の方へと寄せてくる。
子供だから甘えたいのだろう。だから、沢山撫でてやった。
「きゅお～」
口を開けるので、口の中や舌も撫でる。
そんなことをしていると、ヒッポリアスは寝息を立てはじめた。
ヒッポリアスも、一日働いたので疲れていたのかもしれない。
俺はフィオたちの方を見る。
フィオたちはすでに眠っていた。
昨夜と同じく、フィオはシロに包まれるような形で気持ちよさそうに眠っている。
ヒッポリアスもフィオもシロも眠くないと言ってはいた。
だが、やはり疲れていたのだろう。
フィオとシロは久々に風呂に入って温《あたた》まって綺麗《きれい》になったのだ。
眠くなっても仕方ない。
「俺も眠るか」
そして俺はヒッポリアスを撫でながら、眠りについた。

27 赤苺《レッドベリー》事件

俺《おれ》が目を覚ますとちゃんと朝だった。夜に何もなかったようで何よりである。

「ふう、よく寝た」

「……わふ」

俺の真横、添《そ》い寝《ね》する形でシロが寝ていた。

「あふ……」

そして、フィオはシロの尻尾《しっぽ》にしがみつくようにして眠っていた。

「きゅお～～おぉ、きゅぉ」

ヒッポリアスは口を開けて仰向《あおむ》けになって気持ちよさそうに眠っている。

フィオとシロにあげた毛布《もうふ》はヒッポリアスに掛かっていた。

「これは……」

俺は状況から何が起こったのか推測する。

恐らく夜中にフィオとシロは俺とヒッポリアスの間に寝にきたのだ。

そしてヒッポリアスがお腹《なか》を出して眠っているのを見てかわいそうに思ったのだろう。

それで毛布を掛けたのだ。

「ヒッポリアスに押しつぶされる事故が起きるのが怖いな……」

後で対策を考えなければなるまい。

そして俺は皆を順番に起こす。

まずは俺のお腹の上にあごを乗せて眠っているシロからだ。

「シロ、朝だよ」

「……わふ」

起きるまで、俺はモフモフしまくった。

昨日お風呂《ふろ》に入ったばかりだからか、とてもいい匂《にお》いがする。

白銀色《しろがねいろ》の毛並みも素晴《すば》らしい。ふわっふわである。

「ふむ……なるほど……」

まだ眠っているシロの背中を撫《な》でながら、よく観察する。

毛は根元から毛先まで白銀色だ。下毛まで白銀色である。

手足は身体に比べて、太くてずんぐりしている。

やはりシロは子狼《こおおかみ》なのだ。

「子狼なのに苦労して……」

仲間になって一日ちょっと。

シロはご飯を沢山《たくさん》食べゆっくり眠って風呂に入った。

それだけで最初に会った時より見違えるほど元気になった。

「……魔力も跳《は》ね上がっているな」

やはりただの魔狼《まろう》ではない。魔力が高すぎる。

これで子狼というのだから、将来が恐ろしい。

魔白狼《まはくろう》の亜種ですらないかもしれないという、ケリーの見立ては間違っていないだろう。

俺の知っている魔狼とは根本的に違う気がする。

「わふぅ？　わーーーふぅうう」

撫でまくっていると、シロが起きた。

起きるとシロはあくびをしながら、前足をぐいっとして伸びをする。

「やっと起きたか。フィオとヒッポリアスも起こそう」

「わふ」

シロは俺の顔をベロベロ舐《な》めてきた。その後シロはフィオを舐める。

その間に俺はヒッポリアスを撫でて起こす。

「朝だよ、ヒッポリアス」

「きゅお？」

「ヒッポリアス。眠たいならもう少し眠ってもいいよ？」

『おきる。きゅお？』

ヒッポリアスは起きようとして毛布に気づいたようだ。

「フィオたちが掛けてくれたみたいだぞ」

「きゅおー」

「おなか、つめたい」

起きてきたフィオがそんなことを言う。

フィオはヒッポリアスがお腹を冷やしそうだと思ったのだ。

『あったかい。ありがとう』

「わふ」「あぅ」

ヒッポリアスはフィオとシロにお礼を言って、ぺろぺろ舐めていた。

近いうちに、ヒッポリアス用の毛布も用意してあげたいものだ。

みんなが起きたので、朝ご飯を食べるために外へと出る。

すると、昨日の朝とは様子が違った。

ケリーが指示を出して、何やらスープを作っているようだ。

「スープか。おいしいが……。もう焼いた肉に飽きたのか？」「きゅお？」

「ああ、テオ、起きたか」

「どうした？　何かあったのか？」

「うむ。病人がでた」

「なんだと？」

ヴィクトル、地質学者。それに五名の冒険者。

つまり昨日農地の調査をしていた者たちが、発熱に嘔吐《おうと》、下痢《げり》の症状で動けないらしい。

「食中毒か？　ヴィクトルたちは何を食ったんだ？」

「それがだな……」

朝昼晩の食事は全て俺たちと同じものだ。

違うものと言えば、調査の休憩時間に木の実などを採取して食べたらしい。

それは人族大陸にもある一般的な食用の木の実とのことだ。

味も形もそのものだったらしい。

「……ふむ。その木の実の現物はあるか？」

「ああ。一応サンプルとしてとっておいたらしいからな」

そう言ってケリーは布に包まれた赤い色の木の実を取り出した。

ごく普通の赤苺《レッドベリー》に見える。甘く、少し酸味があっておいしいベリーだ。

「私の知識でも、これはただの赤苺だな」

ケリーは魔獣や生物の学者だが、普通の冒険者より植物に詳しい。

植物は魔獣や生物の餌《えさ》になるからだ。

ケリーは魔獣、生物学の周辺知識として植物の知識も蓄えているのだ。

そんなケリーと、熟練冒険者のヴィクトルが赤苺と判断したのだ。

ならば、見た目は完全に赤苺ということだろう。

「少し貸してくれ」

俺は鑑定スキルを赤苺にかける。

食中毒の原因を調べなければならない。

食中毒の原因は主に三つに分類できる。

第一は、汚染されている食物によるもの。腐った食物や汚れた環境で調理されたものなどだ。

第二は自然毒。フグや貝毒、毒キノコが有名だ。

第三は寄生虫である。肉や海産物を生で食べたりしたときに発生しやすい。


その原因を探るために、俺は鑑定スキルで赤苺を調べた。

「これは……毒があるな。自然毒だ」

「毒だと？」

「ヴィクトルたちはどのくらい食べたんだ？」

「一人三個から十個だ」

「それなら、余程のことがなければ死ぬことはないだろう」

そう言うと、ケリーはホッとした表情を見せた。

「だが、長ければ症状がおさまるまで十日ぐらいかかるかもしれない」

その間は水分補給が大切だと伝えておく。

「昨日、上水を整備しておいてよかったよ」

「本当にそうだな」

「ケリーに俺が教えることでもないが、体温が上がりすぎても危険だからな」

「うむ。わかっている。司祭にも病気治療の心得があるようだし」

司祭とは冒険者の治癒術師《ちゆじゅつし》だ。怪我《けが》や病気のエキスパートである。

司祭がいて本当によかった。

そのとき、ヴィクトルが自分の宿舎から歩いて出てきた。

ヴィクトルは発熱のせいか汗だくで、とてもつらそうだ。

「大丈夫か？」「「わふぅ……」」「きゅお」

フィオ、シロ、ヒッポリアスも心配そうだ。

「申し訳ない。情けない姿をお見せして……」

「食中毒は仕方あるまい。どうやら新大陸には——」

新大陸には俺たちの知っている物と同じ外見で全く違うものがある。

これまで蓄《たくわ》えた知識が通用しないので、こういうことはやむを得ない。

本当に注意しないといけないようだ。とても恐ろしいことだな。

そんなことを話そうとしたのだが、ヴィクトルは、

「申し訳ない、少しお待ちを……」

そう言って、拠点から少し走っていった。

「トイレか……」

「そうだ。つらかろうな。まだトイレは作られていないゆえな。仕方のないことだが」

ケリーがそう言って、ヴィクトルの後ろ姿を見送っていた。

「といれ？」

フィオは首をかしげている。

トイレはまだ作っていない。ということは、フィオはトイレの存在を知らないのだ。

フィオも俺もみな拠点から少し離れたところに穴を掘ってしているのである。

28 トイレと病舎の建設

「よし、急《いそ》いでトイレを作ろう」

俺《おれ》はさっそくトイレ建設を開始することにした。

「といれ……？」

「フィオ、トイレというのはだな……」

ケリーがトイレについて説明してくれる。

シロもヒッポリアスも真剣な表情で聞いていた。

俺はフィオやシロたちへのトイレ説明をケリーに任せて、材料を運ぶ。

「食中毒事件がなくても早めに作らないといけないものではあったからな」

食中毒のせいで、トイレの頻度《ひんど》が多くなる。

一日に何度も何度もトイレに行く羽目になるのだ。

そのたびに家を出て、歩いて拠点の外に行き、穴を掘って……。

それは、とてもではないがつらすぎる。

体力の消耗も激しくなって、治りも遅くなるだろう。

それに、いつかトイレは作らねばならないものだ。

「フィオ、シロ、ヒッポリアス。この肉を食べておいてくれ」
魔法の鞄《マジック・バッグ》から朝ご飯の肉を取り出して、フィオたちに手渡す。
それだけではフィオたちが食べはじめないので、自分の分も取り出して急いで食べる。
「俺にはやることがあるから急いで食べたけど、みんなはゆっくり食べなさい」
そして、俺はトイレを作る場所について考える。
病人の出た宿舎から順にトイレを取り付けるのがいいだろう。
宿舎の共有部に張り出す形でトイレを取り付けるのだ。
そして水洗にして、汚物は専用の便槽に溜《た》めることにする。
パイプを作るのに金属を多く使うが、仕方あるまい。
貯蔵分の金属を全部使い切るつもりで整備する。
そう考えて頭の中で設計図を描いていると、問題にぶち当たった。
金属の消費量が当初考えていたより多い。
漏《も》れないようにするため、便槽までのパイプはあまり薄くできない。
その上、詰まらないように、上水用のパイプほど細くもできない。
便槽の位置も、あまり拠点の近くだと病気の原因になりかねない。
そうすると、
「どう計算しても金属が足りないな……」
こうなったら配置を変えるしかない。

拠点の中央にトイレを固めることにした。
便槽への配管は、個々のトイレから、すぐに合流させる形にすれば金属を節約できる。
今の宿舎は拠点の中央を囲む形で並んでいる。
かまどや井戸などは中央にあるので、トイレは少し離すべきではある。
かまどは中央の北にあるので、トイレは中央の南に配置しよう。
「便槽やそこにつなげる配管から、漏れが絶対ないよう気合を入れなければ」
俺の製作スキルの精度が下がれば当然漏れが発生してしまう。
そうなれば、井戸水が汚染され、悲惨な事態が引き起こされる。
責任重大だ。
俺は資材置き場から石材と木材、そして魔法の鞄に入れておいた金属を並べる。
頭の中で製作物の構想を練る。
便器とそれを覆《おお》う建物。弁槽に水洗のための機構も必要だ。
そして井戸と便器、便槽と便器をつなぐパイプの整備もしなくてはならない。
イメージが充分固まると製作スキルを発動させる。
便槽に便器、パイプの整備。それが終わると建物を建設して終わりである。
「いいものができたと思うが……。金属がなくなったな」
金属採集の優先順位を上げなければなるまい。

俺は休まずに、新たに宿舎を作ることにした。

今、患者たちはばらばらの宿舎に寝泊まりしている。

同じ宿舎にいる患者は、ヴィクトルと地質学者だけだ。

ばらばらの宿舎から、トイレまで歩いていくのも大変つらい。

一日に何度も何度も往復する羽目になるのだ。

それに看病する方もまとめての方が楽である。

「といれ〜」「わふぅ」「きゅおぅ」

「そうだ、これがトイレだ」

フィオ、シロ、ヒッポリアスにケリーがトイレの使い方について説明してくれていた。

「ヒッポリアスは身体が大きいから使うのは無理だな……」

「きゅおぅ」

「そうへこむな。フィオ、この便座に座ってトイレをするんだよ」

「わふぅ」「わふ！」

「シロもトイレを使いたいのか？」

「わふう！」

そんなことを話しながら、フィオとシロにトイレの使い方を教えてくれている。

あとでお礼を言わねばなるまい。

一方、俺は新宿舎というか、病舎の建築を進める。

病舎の建築場所はトイレの近くだ。
構造は簡単な方がいい。時間も資材も節約したいのだ。
ということで、ヒッポリアスの家と同じく一部屋だけの構造にする。
だが、大きさはヒッポリアスの家ほどは必要ない。
俺は製作スキルを発動させ、イメージを固めて病舎を一気に建築した。

「ふう。これでよしと」

建築を終えたところで、ヴィクトルが拠点の外から帰ってきた。

「おお……まさか、これは」

「トイレと病舎だ。トイレの近くに病舎もあった方がいいと思ってな」

「助かります。本当に助かります」

喜んでもらえたようでよかった。

他の患者にもトイレと病舎について教えておく。

皆喜んで、病舎に移っていった。トイレに近いというのが魅力だったのだろう。

「本当はベッドを作ってあげたいのだが……」

資材が足りない。綿《めん》の代わりになるものを手に入れたいものだ。

そんなことを考えていると、フィオに後ろから袖《そで》を引っ張られた。

フィオは辛そうなヴィクトルたちの姿を見て、心配になったのだろう。

シロもヒッポリアスも心配そうである。

「ぴくとう、だいじょぶ？」

「大丈夫だよ。でもしばらくは休まないとだめみたいだ」

「そか……」

ヒッポリアスもシロも心配そうにしている。

治療の指揮を執《と》っているのは、司祭兼治癒術師《ちゆじゆつし》とケリーである。

ケリーは医者ではないのだが、生物に詳しいということで治療の指揮を手伝っているのだ。

俺《おれ》はケリーの手が空《あ》いた隙《すき》を見計らって声をかける。

「ケリー。解毒薬は飲ませたか?」

「飲ませたが……あまり効果はなさそうだな。キュアポイズンもな」

治癒術師も最初に、回復魔法であるキュアポイズンをかけたようだ。

だが、キュアポイズンは毒によってかけ方が違うので、効果があまりなかったらしい。

司祭である治癒術師も冒険者。

冒険者である以上、キュアポイズンも魔物毒に対応するものから習得するのが基本になる。

「テオ。毒赤苺《ポイズンレッドベリー》の毒についてなんだが……」

恐らく毒赤苺という名はケリーが名付けたのだろう。

特徴をよく表しているのでいい命名だ。

「鑑定して何かわかったことはないか?」

「俺たちの大陸だと、魔毒シイタケの毒に近いな」

食用で有名なシイタケに似ているが、毒があるというのが魔毒シイタケだ。

大量に食べなければ致命的な事態になることは少ない。

腹痛と下痢《げり》、それに発熱がメインの症状だ。嘔吐《おうと》が出ることもある。

「それならば体力があれば問題ないな。だから先ほど死ぬことはないと言ったのか」

「そうだ。とはいえヴィクトルが動けない期間が長びくのは避けたい」

農地の選定だけでなく、他にも色々とヴィクトルに指揮を執ってもらうべきことはある。

それにいざ魔物と戦闘ということになっても、ヴィクトルはメイン戦力だ。

「毒赤苺向けの解毒薬を作りたい。何かないか周囲を探索してこよう」

「テオは、そこまでできるのか？」

「素材さえあればな」

俺がそう言うと、ケリーは目を見開いて驚いていた。

鑑定スキルで素材を探し、製作スキルで薬を作るのだ。

製作スキルで薬を製作するのは非常に難しい。

だが、熟練かつ規格外と呼ばれた俺の製作スキルならば可能だ。

「……ヴィクトルがテオを調査団に入れたかった理由がわかるというものだな」

そしてケリーは毒赤苺を眺める。

「それにしても見た目は一緒なのに中身が全く違う植物とは」

「木の実や山菜を採集した後には鑑定スキルが必須だな。これからは俺が鑑定しよう」

俺がそう言うとケリーは深く頷《うなず》いた。

「そうだな。テオ。あとで周知しておこう。だが、今は薬探しを頼むよ」

「ああ、任せろ」

そして、俺はヒッポリアスに声をかける。

「ヒッポリアス、ついてきてくれ」

『まかせて！』

「ふぃお、いく！」「わふ！」

フィオとシロもついてきてくれるようだ。

拠点で待っていなさいと言おうか迷った。

だが、薬草のある場所に、フィオやシロは詳しいかもしれない。

「フィオ、シロ、ヒッポリアス。朝ご飯はちゃんと食べたかい？」

「たべた」『わふ』『きゅお」

「ならよかった。じゃあ、行こうか」

俺たちは簡単に準備を終えると、拠点を出て森へと向かう。

いつも、はしゃぎがちなフィオとシロも真面目《まじめ》な顔をしている。

「フィオ、シロ、それにヒッポリアスも」

「わふ？」『あう」『きゅう？」

「何か薬草的なものを見たことがあれば教えてくれ。そちらに向かおう」

この辺《あた》りで暮らしていたフィオとシロは当然この辺りに詳しい。

そしてヒッポリアスもおやつを探しながら散歩しているので、詳しいかもしれない。
「あち！」
「お、フィオ、案内してくれ」
「わふ！」
フィオがシロの背に乗って走り出す。
俺は周囲の植物に鑑定をかけながら追っていく。
通常、鑑定スキルは手を触れて、時間をかけて分析する必要がある。
だが、時間がないので、薬効があるか、食用にできるかどうか。
それだけに絞ることで、走りながら周囲を鑑定し続けることができる。
こんなことができることも、俺のスキルが規格外と言われる理由の一つなのだ。
フィオたちの後ろを俺が走り、その後ろをヒッポリアスがついてくる。
走りながら鑑定スキルをかけた限りでは、食用に適した植物はそれなりにありそうだ。
この「食用に適した」というのは、味はともかく食べられるという意味である。
味を確かめるには詳しく鑑定するか、実際に食べてみるかしないとわからない。
だが、食べられる植物が多いということは飢《う》え死《じ》にしにくいということだ。
とてもいいことだと言えるだろう。

しばらく走って、フィオを乗せたシロが止まる。

「これ！」『わふ』

「ちょっと見せてくれ」

「わふぅ！」

フィオとシロは、濃いめの緑が目立つ草を指さしていた。

手に触れる前に鑑定スキルを軽くかける。触れても害はなさそうだ。

改めて直接手に触れて鑑定スキルを発動させる。

「薬草ではあるな。だが……解毒薬ではないかも」

「わふぅ～……」『わふ……』

フィオとシロは、がっかりしていた。

そんなフィオとシロの頭を撫《な》でる。そして草も採集して魔法の鞄《マジック・バッグ》に入れる。

「これでよし。ありがとう」

「『わふぅ』」

「これも怪我《けが》や病気の治療に使えるからな。お手柄だぞ」

「わふわふっ」『わふ』

フィオとシロは尻尾《しっぽ》をぶんぶんと振って喜んでくれた。

「他にも、薬草が生えているところがあったら教えてくれ」

「わう」『わふぅ～』

何やらフィオとシロは会話すると、走りはじめた。

次の薬草ポイントに向かってくれるようだ。

「わふ」

「おお、確かに薬草だ」

「わふぅ！」

走り回って、そんなことを何度か繰り返したが、解毒薬の材料は見つからなかった。

「他にはないかな？」

「わふぅ〜。ある」

「あるのか？」

「けど……。くまぁ」「わふぅ……」

フィオは困った様子で尻尾を身体の前に持ってきて両手でつかむ。

シロはそんなフィオを元気づけるかのように、顔を舐《な》めていた。

「もしかして、その薬草が生えている場所は今は熊の縄張りってことか？」

「そ」

「そうか。熊の縄張りに近づきたくないなら大丈夫だ」

「んー」

「俺とヒッポリアスで探しにいこう。フィオたちは拠点で待っていてくれ」

「てお、ひっぽ、いく？」

『いく！　ひっぽりあす、ておどーるといっしょにいく！』

ヒッポリアスは尻尾をぶんぶんと振った。

俺が通訳しなくとも、テイマーのフィオには意味は伝わるだろう。

ヒッポリアスはフィオの従魔ではないから、明確な文章ではないはずだ。

それでも単語の連なりという形で伝わる。

並みのテイマーには難しいことだが、フィオは天才なのだ。

「わふぅ～。ふぃおいく！」

「来てくれるのか？」

「いく！　てお、ひっぽ、いっしょ」「わふう！」

俺とヒッポリアスが一緒なら、熊も怖くない。

フィオとシロはそう思ってくれたのだ。その期待には応《こた》えねばなるまい。

とはいえ、俺はあくまでも非戦闘職。戦闘は避けるに越したことはない。

「一応、気配は消していこう」

「「わふ」」

フィオとシロは揃《そろ》ってふんふんと頷いている。

すぐにフィオとシロの気配が薄くなった。とても優秀だ。

狩りをしたり、もしくは強敵から隠れて行動する際に気配を消していたのだろう。

子供なのにそういう機会が多かったというのは、フィオとシロにとって不幸な話だ。

かわいそうになって俺はフィオとシロの頭を撫でた。

フィオもシロも、前にきていた尻尾が後ろに戻っている。

とはいえ振っているわけではない。

緊張気味だが、あまり恐怖を覚えているわけではなさそうだ。

俺はヒッポリアスにも語り掛ける。

「ヒッポリアスは気配消すことはできるか？」

『できる！　きゅお～』

どうやらヒッポリアスは気配を消しているつもりらしい。

鼻息を荒くして、どや顔でこっちを見てくる。

だが、全然気配は消えていない。

「……そうか、あとで練習しような」

「きゅお？」

気配を消して熊に見つからないよう薬草を探すことはあきらめよう。

むしろ一般的な熊よけの技法を使うことにする。

あえて音を立てることで、警告するという方法だ。

熊が俺たちから逃げてくれればそれでよし。

突っ込んできたら、力でねじ伏せるしかあるまい。

フィオとシロから聞いた情報から魔熊《まくま》の性格を推測するに、恐らく突っ込んでくるだろう。

「ヒッポリアス。戦闘になったら頼りにしている」

『まかせて！　きゅう～』

俺はヒッポリアスを撫でる。それから、シロに言う。

「シロ。何かあったら、フィオのことを頼むな」

「わふ」

そして、俺はフィオをシロの背に乗せる。

「攻撃よりもフィオの身の安全を優先してくれ。俺とヒッポリアスは基本的に大丈夫だ」

「わふぅ」

それから俺たちはフィオとシロの先導で、さらに奥地へと進んでいった。

俺は道中鑑定スキルを発動し続ける。

「食用にできる植物は沢山《たくさん》あるな……」

「きゅお」

「そうか、ヒッポリアスも食べたいのか」

ヒッポリアスは肉や魚を食べるイメージがあるが雑食なのだ。

「今度、ヴィクトルたちの問題が解決したら、おいしい草も探そうな」

「きゅぅ～」

ヒッポリアスは嬉《うれ》しそうにぶんぶんと尻尾を振った。

もしかしたら、肉ばっかり食べていたから植物も食べたいのかもしれない。

「それにしても、これぐらい食用に適した植物があると助かるな」

「きゅぉ」

あえて声を出して移動しているのだが、熊が近づいてくる気配はない。

高位竜であるヒッポリアスがいるから、警戒しているのかもしれない。

そんなことを考えていると、フィオを乗せたシロが足を止めた。

「ここ！」「わふ」

そこには今までと違う種類の植物が繁茂《はんも》していた。

「ありがとう」

俺は鑑定スキルを発動させる。

薬草の一種だ。胃腸薬の材料にできそうだ。

だが、解毒薬の材料ではない。

「これは解毒が終わった後に役立ちそうだ。お手柄だぞ」

「「わふぅ！」」

フィオとシロは尻尾を振って喜んでくれる。

俺は胃腸薬の材料を採集して魔法の鞄に入れていった。

胃腸薬の材料の採集を終えると、俺はフィオとシロの頭を撫でる。

ヒッポリアスも交互にフィオとシロの顔を舐めていた。

「ありがとうな。フィオ、シロ。他に薬草はないか？」

「わふ～」「わぅあぅ」

話し合いをしたあとフィオが「こち」と言って、フィオを乗せたシロが走り出す。

しばらく走ってシロが薬草のある場所で足を止める。

そして俺が薬草を採集し終えると、また走り出す。

「元々の魔狼《まろう》の縄張りはすごく広かったんだな」

立派な成長した魔狼が八頭いる群れの縄張りだから、相応な広さが必要になるのだろう。

魔狼ではない狼の縄張りですら、一辺二万五千メトルの正方形程の面積があるらしい。

狼より身体の大きな魔狼の群れの縄張りならば、さらに広かったに違いない。

それにしても、シロたちの群れは薬草の位置をかなり把握《はあく》していたようだ。

自分たちの治療にも使っていたのだろう。やはり知能がすごく高い。

俺の知っている人族と魔族の大陸の魔狼よりも知能が高そうである。

仲間になったときにフィオが着ていた衣服などを作るぐらいだ。

道具の概念すらもあったのかもしれない。

今度、シロとは詳しくお話ししてみたいものだ。

そんなことを考えていると、向かっている先に湯気が見えた。

「お、例の温泉、天然のお風呂《ふろ》って奴《やつ》か？」

「おふろ！」「わう」

「きゅお～」

シロたちは温泉の方向へと走っているようだ。

温泉に到着するとフィオは、

「あれ！」

と温泉を挟んで向こう側を指をさす。

そこには今までとは違う種類の植物が繁茂していた。

遠すぎるからまだ鑑定スキルで調べることはできないが、薬草であるように思える。

遠回りになるが濡《ぬ》れないよう温泉を避けて進まなければならない。

一応、温泉のお湯に鑑定をかける。

「温度もちょうどいい。疲労回復《ひろうかいふく》と皮膚病《ひふびょう》にもよさそうだな……、気持ちがよさそうだ」

「いい」『わふ！」

フィオとシロも気持ちよさを保証してくれている。

「そうか。また改めて遊びに来よう。濡れたら乾かすまで時間がかかるからな」

「わふぅ」『わふ」

フィオとシロは、時間がないことをわかってくれているようだ。

賢い子たちである。

するど、ヒッポリアスが俺の方を見て尻尾を揺らしながら言う。

『ておどーる。のって』

「ヒッポリアス、いいのか？」

『いい！　きゅお』

俺がヒッポリアスの背中に乗ると、フィオとシロも乗った。

するとヒッポリアスは「きゅおー」と鳴いて、じゃぶじゃぶと温泉の中に入る。

そしてゆっくりと泳いでいく。

温泉はとても広くて中心あたりはそれなりに深いらしい。

少なくとも、水深五メトル程度はあるだろう。

「あったかそうだな。温度はどうだ？　ヒッポリアス」

『きもちいい！』

「そうか、また来ような」

「きゅおぅ！」

ヒッポリアスに運んでもらって、対岸に到着する。

「ありがとう。ヒッポリアス」

「あいあと！」「わふ」

「きゅお！」

ヒッポリアスは温泉の中をぐるぐるし始めた。

お湯につかれて、ヒッポリアスも気持ちがいいのだろう。

そして俺は薬草を直接手に取って鑑定を開始する。

「おお、この薬草を材料にすれば、毒赤苺に対する解毒薬を作れそうだ」

「わふぅ!?」「わふわふわふっ」

「きゅおお！」

みんな喜んでくれる。

「フィオとシロ、すごいぞ！　ありがとう！　ヒッポリアスも乗せてくれてありがとうな」

俺は改めてお礼を言って、薬草採取を開始する。

ヴィクトルたち患者は合計七名。治るまで数日かかるだろう。

加えて予備も欲しい。それなりの量が必要だ。

それでも沢山生えているので、全体に比べたら必要な量は少しである。

あっという間に集め終わる。

「これでよしと。急いで帰ろうか。お腹壊《なか》したヴィクトルたちが待っているからな」

「わふぅ！」

フィオは嬉しそうに尻尾を振っているが、

「シロ？　どうした？」

シロは尻尾をピンとたてて、姿勢を低くしていた。

「がぅ」

シロは敵が来たと言っている。

「……ヒッポリアスは？」

「きゅお？」

温泉でバチャバチャしていたヒッポリアスは、こちらを見て首をかしげる。

それから、耳を細かく動かして鼻をクンクンし始めた。

『……なんかいる！』

ヒッポリアスも気配を探ったら気づけたらしい。

シロより強い分、ヒッポリアスは警戒心が薄いのだろう。

ちなみにヒッポリアスは意思を言語化して俺に伝えてきているが声には出していない。

魔導師たちが使う念話《テレパス》のようなものだ。

「ヒッポリアス。敵か？」

『わかんない！』

「ガウ！」

シロは「敵だよ！」と言っている。

フィオも尻尾をピンとたて四《よ》つん這《ば》いになって姿勢を低くしている。

だが、フィオはまだ敵を察知できてはいないようだ。

「ふむ。俺もまだ感知できていないんだよな。ヒッポリアス、シロ、強い奴《やつ》か？」

『つよい！』

「ううーっ、がうっ」

ヒッポリアスと同様にシロも強いと言っている。

シロはともかく高位竜であるヒッポリアスが強いと言うのなら、相当強いと考えた方がいい。

「……魔熊か？」

「がう」

「そうか、魔熊か」

シロの仲間の成狼八頭を倒した魔熊だ。可能ならばやりすごすのが安全かもしれない。

「ヒッポリアス、温泉の中で伏せて気配を隠してくれ」

『わかった』

ヒッポリアスはカバみたいに目と耳と鼻以外を水の中に沈めている。

気配を消すのが苦手なヒッポリアスでも、この状態では見つかりにくい。

「フィオ、シロ。気配を隠して俺の後ろに隠れろ」

「「わう」」

そして、俺たちは茂みの中に隠れた。

しばらく隠れていると、俺にも気配を感じ取れるようになった。随分と禍々《まがまが》しい気配だ。

さらにしばらくして、大きな化け物が歩いてくるのが見えた。

30 魔熊モドキ

「……なんだあれは」

俺《おれ》は思わず小さな声でつぶやいてしまった。熟練の冒険者である俺がである。

そのぐらい異様な生き物だった。

いや、そもそも本当に生き物なのだろうか。

高さは三・五メトルほどで、濃い茶色い何かに覆《おお》われている。

確かに、ぱっと見では熊のように見えなくもない。

だが、身体を覆う濃い茶色の何かは、毛のようなものでは断じてない。

何かの煙、靄《もや》、そのようなものだ。

煙のようなものの内側の肉体には毛が一本も生えていない。皮膚すらない。

生い茂った丈《たけ》の長い草の中を歩いているから下半身は見えない。

見える上半身は皮を剝《は》がされた人か猿のようだった。

(茶色いのは目に見えるほど濃い魔力か？　いや邪気《じゃき》の類《たぐい》か？)

まともな動物でも魔物でもないだろう。

霊体、もしくは悪魔の類だろうか。

どちらにしろ迫力が強烈だ。魔力のような圧、いや邪気を垂れ流している。

「……あれが例の魔熊《まくま》という奴《やつ》か？」

「「…………」」

フィオとシロは無言でこくこくと頷《うなず》いた。

俺は「あれは熊でも魔熊でもないぞ」と言いたくなったが、考え直す。

そもそも俺たちの既知《きち》の大陸とここでは全く違う生き物がいるのだ。

赤苺《レッドベリー》と外見も味も同じなのに、毒を持つ毒赤苺《ポイズンレッドベリー》のようにだ。

もしかしたら、新大陸では熊はああいう奴のことを言うのかもしれない。

言語神の加護を受けているフィオが熊と言った以上、あれはここでは熊的なものなのだ。

いや。それでも、必ずしもそうとも限らないと考えなおした。

フィオは魔狼《まろう》たちから知識を得ていた。

だから、シロたち魔狼が熊だと誤認していた場合、フィオはあれを熊だと考えるだろう。

（あれが熊かどうかは後で調べるとして……）

かなりの強敵かつ邪悪なものに間違いない。

ヴィクトルたちが全快してから対応を協議すべきだろう。

「（ヒッポリアス。シロ。あの熊はやり過ごすぞ）」

テイムスキルを利用して、声には出さずに、こちらの意思を伝える。

先ほども手を出さないと伝えてあるが、念のためだ。

フィオにはシロ経由で伝えてもらう。
フィオも真剣な表情でこくこくと頷いたので、ちゃんと伝わっているはずだ。
俺は気配を消して、じっくりと魔熊モドキを観察する。
魔熊モドキは気配を消そうとすらしていない。
恐らく魔熊モドキには、この辺《あた》りには敵がいないのだろう。
だから気配を消す必要がないのだ。
——GIAAAAGIAAA
そして魔熊モドキは、時折意味不明な咆哮《ほうこう》を上げる。
テイムスキルを使っても、何を言っているのか理解できない。
(……つまり、魔熊モドキは、魔物でも動物でもないってことだな)
魔神、悪霊、アンデッド。
魔熊モドキは、そういった人の敵となる種族の一員ということだ。
知能の高い者もいるが、言語は通じない。言語神の加護のもとにいない奴らだからだ。
テイムスキルも当然のように通じない。
だが、逆に鑑定スキルは通じるのだ。
我らの神は、あいつらを生物として認めていないのだろう。
どちらにしろ厄介《やっかい》な相手だ。
鑑定スキルで魔熊モドキの性質を調べ、製作スキルで罠《わな》を作る。

それが一番安定して、安全な倒し方だろう。

俺は魔熊モドキをはめる罠を考えながら観察する。

ついでに遠くから、魔熊モドキに鑑定スキルもかけてみた。

距離があるため、詳しいことはわからない。

だが、非常に強いということはわかった。

その膂力《りょりょく》は岩を軽々と砕くだろう。魔法は身体強化の魔法が得意なようだ。

俺が罠を張り、魔熊モドキの足を止めたところに、ヒッポリアスの遠距離攻撃。

そこにヴィクトルたち精鋭冒険者が近距離戦を仕掛ける。

そんな感じの作戦が妥当《だとう》だろうか。

俺が観察し作戦を考えている間にも魔熊モドキは温泉の方へとどんどんと近づいてきている。

見つかったら面倒だなと俺が考えていると、

——GAAA！　GIIIAA
魔熊モドキは楽しそうに、おぞましい咆哮を上げる。

フィオもシロもブルブル震え、尻尾《しっぽ》を股に挟みながらも、しっかりと睨《にら》みつけていた。

魔熊モドキは一から一・五メトルほどの丈の高い草が生えている中を歩いてきている。

俺からは、魔熊モドキがどのような下半身をしているのか見えない状態だ。

（下半身の状態は見ておきたいな……）

足が四足型なのか二足型なのか。それとも全く別の形状なのか。

それによって製作する罠が変わる。
魔熊モドキは、新大陸の新種。足がタコのように八本あってもおかしくないのだ。
だから、俺は魔熊モドキの下半身に注目する。

しばらく近づいてきたことで、やっと草の合間から下半身を確認することができた。
どうやら、魔熊モドキは腰巻を付けていて、二足歩行だ。
衣服を身につけた魔熊モドキは、まるで人であるかのようだ。
魔神や悪霊たちの神にとっては、こいつらが人族なのかもしれない。
そんなことを思って複雑な気分になりかけたとき。

「――――ッ！」

俺は、その時はじめて魔熊モドキの足元に別の生き物がいることに気が付いた。
小さな、灰色で薄汚れた子狼《こおおかみ》だ。
よく見たら魔熊モドキは手に縄を持っている。その縄が子狼の首にかけられていた。
子狼は三頭いる。そして、皆傷だらけでガリガリだった。
子狼たちは足を怪我しているのだろうか。歩くのが遅い。
だが魔熊モドキはそんなことを気にする様子はない。
首縄をぐいぐいと引っ張っていく。
子狼は歩くというより引きずられているといった状態である。

そして、魔熊モドキは、子狼を蹴《け》り飛《と》ばした。

特に理由があったようには見えない。

子供が足元の石を蹴っ飛ばすときのように蹴っ飛ばしたのだ。

よりにもよって、かわいらしい子狼をだ。

「キャウンッ！」

——GYAGGYA!

子狼の悲鳴を聞いて、魔熊モドキは本当に楽しそうに笑う。

俺は頭に血が上《のぼ》っていくのを感じた。

久々に俺は怒っていた。だが、奥歯をかみしめ、頭の奥を冷やしていく。

こういうとき、長い間、冒険者をやっていた経験が生きるというものだ。

いくら怒りを覚えようと、冷静に対処しなければ結局助けられない。

それどころか、こちらが死ぬことになる。

だから頭と心を意識して分けるのだ。

一瞬で作戦を考えると、ヒッポリアスにテイムスキルで無言のまま話しかける。

「（ヒッポリアス。あいつは今ここで倒す）」

『わかった』

「（シロとフィオはここで待機だ）」

「…………」

シロ経由で俺の意思を伝えられたフィオが首を振る。

その目からは強い意志を感じた。

こういう目をした者を説得するには骨が折れる。時間もかかる。

そんな時間はない。

だから作戦を修正する。

「(わかった。シロとフィオはひとまず待機して、隙《すき》を見て子狼たちを助け出してくれ)」

「……」

フィオとシロは並んで、コクリと頷《うなず》いた。

「(ヒッポリアス。俺があいつ目掛けて突っ込むから同時に一番強烈な魔法を頼む)」

『だいじょうぶ?』

「(あいつの上半身を狙《ねら》ってくれ。俺ごと吹き飛ばすつもりでやれ)」

『……だいじょうぶ?』

ヒッポリアスは、心配そうに再び尋ねてくる。

高位竜であるヒッポリアスの全力の魔法だ。相当な威力なのは間違いない。

ヒッポリアスが心配になるのも仕方のないことだ。

だが、そのぐらいの攻撃力がなければ、魔熊モドキは倒せない。

なにせ魔熊モドキは、シロたちの群れを狩った化け物なのだ。

「(任せろ。来るとわかっているのなら、俺には当たらない)」

『ほんと?』

「(俺を信用して、全力で撃ち込んでくれ)」

『……わかった』

「(魔法を撃ち込んだ後は、接近戦を頼む)」

『わかった』

そして、俺はシロとフィオに言う。

フィオにはテイムスキルを使って、シロを通しての伝言だ。

「(気配を消せ。隙が見つからなければ近寄るな。無理はするな)」

「………」

「(無理をしたら、助ける手間が余計に増える。絶対に無理はするな)」

俺が丁寧《ていねい》に説明すると、真剣な表情でフィオとシロは頷《うなず》いた。

フィオとシロの頭を撫《な》でると、俺は気配を消して近づいていく。

遠距離から攻撃を仕掛けたいところだが、子狼を盾にされたら困る。

恐らくは子狼を盾にする暇を与えず攻撃を仕掛けることはできるとは思う。

だが、自分の命ならともかく、子狼の命で、そんな危険な賭《か》けをするわけにはいかない。

この辺りの絶対強者という自負があるからか、魔熊モドキは周囲を警戒していない。

その油断を徹底的に突かせてもらう。

俺は気配を消したまま充分に距離を詰める。

近づきながら製作スキルを用いて、大きくて軽いこん棒《ぼう》を作る。

長さは一・二メトル。太さは〇・三メトルだ。

材料は周囲に生えている草と土である。

草を縄のようにしっかりと編み込んでおく。

土はよくよく乾燥させて細かい粒子にしてから、こん棒の芯《しん》の位置に固めて配置する。

魔熊モドキとの距離が十メトルほどになったところで、

「うおおおお！」

俺はあえて大きな声を出して、魔熊モドキに俺の存在をアピールする。

すでにフィオとシロも動き出している。

フィオもシロも気配を消すのがうまく、魔熊モドキは注意深くないようだ。

だが魔熊モドキの意識を俺に向けさせた方が、フィオたちがより安全になる。

そのための存在アピールである。

――ＧＡ？

魔熊モドキは本当に俺に気づいていなかったようで、一瞬ぎょっとした表情を浮かべた。

だが、俺の姿を確認すると同時に、表情がにたりといやらしい笑みに変わった。

俺のことを、新たな獲物と認識したのだろう。

珍しい生き物だから、子魔狼と一緒に首に縄をつけて飼うつもりかもしれない。

何にせよ、魔熊モドキにとって、俺はあくまでも獲物である。

敵ですらないのだ。
「油断してくれてありがとうよ！」
俺は大きな声で叫びながら、魔熊モドキにこん棒で殴りかかる。
油断しているとはいえ、魔熊モドキもさすがにそのまま受けてはくれない。
魔熊モドキも腰から石を削って作ったらしいこん棒を抜いて防御してきた。
どうやら魔熊モドキにも道具を作る文化はあるらしい。
俺の作った草と土のこん棒は、魔熊モドキの石のこん棒にぶつかって砕け散る。
だが、俺はあえて砕けるようにこん棒を作ったのだ。
バラバラに砕けたこん棒の中から土が魔熊モドキに降りかかる。
風に任せて土をぶつけたわけではない。
砕けたこん棒を材料に、製作スキルを発動させたのだ。
乾燥し空中を舞う土で、魔熊モドキの両眼を覆う眼帯のようなものを作ったのである。
——GIAAA！
とても乾燥した細かい土が目に入り、魔熊モドキは痛そうに顔を覆った。
俺の製作スキルはまだ止まらない。
土の眼帯の製作と同時に、宙を舞う草を材料にして製作スキルを発動させる。
宙を舞う草もまた砕けたこん棒の材料の一つだ。
つまり、すでに縄のように編み込まれた草である。

その草を素材として、魔熊モドキの上半身を拘束する縄を作った。
上半身を草を編んだ縄で縛られ、一瞬魔熊モドキの動きが止まる。
目をふさいでおいたおかげで、魔熊モドキは現状把握《はあく》に時間がかかっているようだ。
——GUAAAA!!
しかし、魔熊モドキは力任せに草の縄を引きちぎる。
「化け物が……」
容易には引きちぎれない強度のはずなのだが、やはり魔熊モドキは尋常《じんじょう》ではない。
「だが……、それも計算通りだ」
魔熊モドキは、草の縄を引きちぎる際に、子魔狼の首縄を手放した。
それを確認して、俺は真横に飛ぶ。
——GIAAA……
喚《わめ》きながら、魔熊モドキは涙をあふれさせながら目を開けた。
そんな魔熊モドキの目に映ったのは、
「きゅおおおおお!!」
ヒッポリアスの全力の攻撃魔法である、強烈な光魔法だった。
俺が想定していた以上にヒッポリアスの魔法の威力は高かった。
魔熊モドキは、ヒッポリアスの口から発射された光線を上半身でまともに受ける。
魔熊モドキの後方にあった木々が一直線に薙《な》ぎ払《はら》われていく。

同時に姿勢を低くしたフィオとシロがまっすぐに駆け込んでくる。
そして足を止めずに、魔熊モドキの足元から子魔狼たち三頭を救い出した。
ヒッポリアスの攻撃魔法は上半身を狙ったもの。姿勢を低くしていれば当たらない。
そう頭でわかっていても、そう簡単に突っ込めるものではない。
ちょっとヒッポリアスの手元、いやこの場合は口元が狂っただけで魔法に当たる。
たとえ流れ弾、いや流れ魔法だとしても、ヒッポリアスの魔法は強力だ。
食らってしまえば、命はない。
だが、フィオとシロは全く怯《ひる》む素振りすら見せなかった。
強烈な魔法が炸裂《さくれつ》しているなか、親の仇《かたき》でもある魔熊モドキの足元に突っ込んだのだ。
尻尾も股に挟まず、しっかり立てている。
フィオとシロの勇敢さには敬意を表さねばなるまい。
フィオとシロの動きは的確だ。
片手に一頭ずつ、フィオが計二頭をつかんで、シロがもう一頭の首を咥《くわ》えて運ぶ。
「よくやった！　そのまま距離を取れ！」
「わふぅ！」「がう！」
フィオとシロは、全力で走って魔熊モドキから距離を取る。
少し離れると、フィオは二頭の子魔狼を摑《つか》んだままシロの背中に飛び乗った。
すると、シロは一気に加速する。いつもよりずっと速い。

あれがフィオに合わせないで走る、シロの全力速度なのだろう。
そのまま、シロたちは全力でヒッポリアスの後ろへ向かって走っていく。
ヒッポリアスの後ろが一番安全なのは間違いない。素晴《すば》らしい判断力だ。
「それにしても……」
——g i a a a a……
魔熊モドキは上半身を黒焦《くろこ》げにしながらも動いている。
「まだ生きているとはな」
まさに化け物だ。だが、相当なダメージを与えたのは間違いない。
それでも戦意は喪失していないようだ。
魔熊モドキは周囲をギョロギョロと見回す。
大きなヒッポリアス。そのさらに遠くを全力で走るフィオたち。近くにいる俺。
それらを見て、魔熊モドキは俺に狙いを定めたようだ。
シロたちを追うのは大変。ヒッポリアスは強力だ。
それゆえ、現状で俺を一番倒しやすい相手と判断したのだろう。
——G I A A A A A A!!
大きく咆哮すると、俺に向かって突っ込んできた。
そして石のこん棒を持った右腕を振るう。
食らえば無事ではすむまい。

「生命力が凄《すさ》まじいだけでなく、速いんだな」
俺は魔熊モドキが振るう石のこん棒をかわしながら、その右腕に触れる。
触れると同時に鑑定スキルを発動させた。
一瞬で魔熊モドキの様々なデータが頭に入ってくる。
身体の大きさ、魔力、生命力の最大値と現在値や腕力、使える魔法の細かい種類。
そういった戦闘に関する事項。
加えて年齢、成長速度や食性なども理解できた。
当然のことながら、
「（ヒッポリアス！　こいつは火に弱い！）」
弱点も看破《かんぱ》できる。
ヒッポリアスは、こちらに向かって猛然とダッシュしてきている。
当初の作戦通りだ。
魔法攻撃の後、近接戦闘をしてほしいと俺はヒッポリアスにお願いしていたのだ。
『わかった！』
ヒッポリアスは走る速度を緩《ゆる》めない。
ダッシュしながら、頭の角から青白い炎の弾を魔熊モドキ目掛けて撃ち込んでいく。
全部で五発。一発でも当たれば倒せそうだ。
――ＨＩＡＡａａ……

炎を見て、魔熊モドキは初めて怯《おび》えたような声を上げる。

ヒッポリアスに背を向けて、必死に逃げようとしはじめた。

「逃がすか！」

俺は即座に製作スキルを発動させて、魔熊モドキの足元にある草の先を結びつける。

正確には草の先の部分を素材として、縄を製作したのだ。

罠と呼んでいいのか躊躇《ためら》うほど、とても簡単な罠である。

だが全身を光魔法で撃ち抜かれ、さらに炎に怯える魔熊モドキに対する罠としては充分だ。

――G・iA!!

俺の作った草の先で作った縄の罠は、魔熊モドキの足に当たって一瞬でちぎれた。

だが、その一瞬、魔熊モドキの足は止まりバランスを崩す。

野太い悲鳴に近い声を上げて、地面に四《よ》つん這《ば》いになった。

倒れたことで、ヒッポリアスの火炎弾の軌道から魔熊モドキは外れる。

「きゅおおおおおおお！」

だが、ヒッポリアスの火炎弾は軌道を変えた。見事に魔熊モドキに直撃する。

――GIAaaaaaaaaa……

火炎弾の当たった部分が一瞬で灰になる。

魔熊モドキのおぞましい悲鳴が、どんどん小さくなっていく。

ヒッポリアスの火炎弾の威力はすさまじかった。

加えて炎は魔熊モドキの弱点。ものすごい効果だ。

あっという間に魔熊モドキは灰へと変わっていき、完全に死亡した。

「それにしても……」

俺は駆け寄ってきたヒッポリアスを見る。

放った後の魔法の軌道を変えるのは至難の業《わざ》だ。

熟練の魔導師にしか使えない。

どうやら、ヒッポリアスは熟練の魔導師なみに魔法の扱いがうまいようだ。

「ヒッポリアス。見事だ。助かったよ」

「きゅお！」

「死骸《しがい》の後始末は後にして、急いでフィオとシロに合流しないとな」

「きゅお！」

俺は走りはじめようとしたが、こっちに向かってフィオとシロが駆けてくるのが見えた。

31 子魔狼たち

子魔狼《こまろう》を一頭咥《くわ》えたシロの上に、二頭の子魔狼を掴《つか》んだフィオが乗っている。

子魔狼たちは暴《あば》れることもなく大人しい。

フィオとシロは子魔狼たちの兄姉《きょうだい》である。掴まれても怖くないだろう。

シロたちはあっという間に俺《おれ》たちのところまでやってきた。

「フィオ、シロ、大活躍だったな」

フィオとシロは尻尾《しっぽ》を振りながら、子魔狼たちを地面に置く。

「「「あう、あうっ」」」

地面におろされた子魔狼たちは一生懸命鳴いている。

尻尾を除いた頭胴長は〇・五メトルほどだ。

中型犬ぐらいの大きさはある。

だが、犬ではなく魔狼なのだ。声も幼いし、手足もずんぐりしている。

そんな姿かたちを観察する限り、やっと固形食を食べられるようになった程度に見える。

子犬でいうと、生まれて一、二か月程度の成長度合いではないだろうか。

詳しいことはケリーに尋ねよう。

「大丈夫か？　子魔狼たち」

子魔狼たちは俺とヒッポリアスを見て尻尾を股《また》に挟んでいる。

そんな子魔狼たちにフィオとシロがわうわう言って安心させていた。

「フィオ、シロ、この子たちは弟妹《ていまい》で間違いないか？」

「そ」「わふ」

シロからは弟妹が生きていたことに対する驚きと喜びの感情が流れ込んできた。

フィオの感情はテイムスキルではわからない。

それにフィオは語彙力《ごいりょく》が不足しているので、うまく表現できないだろう。

だが、驚きと嬉《うれ》しさはフィオもシロと同じに違いない。ちぎれんばかりに尻尾を振っている。

シロは本当に嬉しそうに尻尾を振って、弟妹たちをぺろぺろ舐《な》めてあげていた。

フィオも舐めようとしたので、一応止めておく。

「フィオ、ちょっと待ってね」

「わふ？」

拠点にはお腹《なか》を壊したヴィクトルたちがいるのだ。

フィオもお腹を壊したら困る。

俺は一頭ずつ子魔狼を抱き上げて調べる。

細かい怪我《けが》だらけだ。ノミもダニも大量についていた。

それにとても痩《や》せている。

魔熊《まくま》モドキにひどい扱いでいじめられていたのだろう。
「もう安心だからな」
そう優しく話しかけるが、子魔狼たちは尻尾を股に挟んだままプルプルと震えていた。
安心できるまで、気長に優しく見守ってあげなければなるまい。
一通り調べたあと、フィオとシロに子魔狼たちを託《たく》す。
そして俺は今後のために魔熊モドキの死骸《しがい》を調べる。
死骸といっても、もはや灰なので調べるのが難しい。
サンプルにするために灰の一部と、禍々《まがまが》しい魔石を回収しておく。
「死骸から魔石が回収できるということは……」
死骸から魔石が獲れる生物を一般的に魔獣と分類する。
だが、これは一般的な魔石ではない。
鑑定スキルを発動させると、全く別の系統の魔石ということがわかった。
そもそも、我らの神によれば、魔熊モドキは生物ですらないのだ。
新しい分類を作ることになるのだろう。
「新しく分類するために標本として剝製《はくせい》が欲しいとかケリーは言わないだろうか」
それだけが少し心配だったが、非常事態だったのだ。
納得してもらうしかない。
あとでスケッチを描いて、鑑定スキルでわかったことを細かく報告しておこう。

死骸の処理を終えると、俺たちは帰路につく。

俺が両手で二頭の子魔狼を持ち、フィオが一頭を抱きかかえる。

ヴィクトルたちが待っているので小走りだ。

「フィオ、シロ。拠点に帰ったら、俺は急いで解毒薬を作らないといけない」

「わふ」

「その間は、子魔狼たちは頼むな」

「わかた！」

俺たちの後ろを走っていたヒッポリアスが言う。

『ておどーる、ひっぽりあすのせなかにのって』

「いいのか？」

『いい。ふぃおとしろもの る』

確かにヒッポリアスはとても速い。

皆でバラバラで走るよりも、ヒッポリアスの背に乗った方が早く到着しそうだ。

「じゃあ、ヒッポリアス。頼む」

『まかせて』

ヒッポリアスは俺たちの前に回って、足を止める。

そして、尻尾を地面に垂らして、登りやすくしてくれた。

「フィオ、シロ、登ってくれ」

「わふ！」「わぅ！」

フィオとシロが登った後、俺もヒッポリアスの背に登る。

するとヒッポリアスはすぐに走り出した。

揺れないように気を付けて走ってくれる。だが、それでもヒッポリアスはとても速い。

俺は抱えている二頭の子魔狼を優しく撫《な》でて、声をかけた。

「大丈夫か？　子魔狼たち」

「「…………」」

子魔狼二頭は鳴きもせず大人しくしている。プルプルしているので怯《おび》えているのだろう。

まだ、俺に心を開いていないのだ。

俺が抱っこすることが、ストレスになったらかわいそうだ。

「フィオ。この子たちも持てるか？」

「もてる！」

フィオは力強く返事をしてくれた。

身体能力が高いとはいえ、フィオは子供。三頭抱えて走るのは難しい。

だが、今はヒッポリアスの背の上。抱っこするだけならできるだろう。

「じゃあ、フィオ。この子たちも頼む」

「わふ！」

フィオはしっかりと三頭の子魔狼を抱きかかえた。

フィオに抱えられた子魔狼たちをシロが舐めていた。
やはり、フィオとシロに触れられることで、子魔狼たちは安心したようだった。

32 食中毒の治療

ヒッポリアスは走るのが速い。あっという間に拠点に戻ることができた。

「ヒッポリアス、助かった」

「きゅお！」

「フィオ、シロ。子魔狼《こまろう》たちを家に連れていくのは待ってくれ」

「わかた」「わう」

子魔狼たちを家に連れていくと、ノミ、ダニが大変なことになってしまう。

そして、俺《おれ》は大きな声で呼びかける。

「ケリー、いるか？」

ケリーは治癒術師《ちゆじゅつし》の補助として、ヴィクトルたちの治療の指揮にあたっているのだ。

「どうした？」

「子魔狼を保護した。他にもいろいろ報告があるんだが……」

「なんと！　この子たちについては万事任せろ」

「ケリー、虫よけの香を渡しておこう。フィオの衣服についたダニを落とすのに使ってくれ」

子魔狼たちを抱きかかえていたので、フィオにもノミやダニが移ってしまっているだろう。

シロや子魔狼は風呂《ふろ》に入ることでダニを落とせるが、フィオの服はそうはいかない。

「ああ、助かる。風呂に入っている間にでも使っておこう」

「ヴィクトルたちの様子は？」

「今朝《けさ》から容態は変わらずだ」

「わかった。ヴィクトルたちは俺に任せろ」

俺は病舎にダニとノミを持ち込まないために自分の服に向けて素早く虫よけの香を焚《た》く。

それを済ませると、急いで病舎へと入る。

ヴィクトルたちは床に毛布《もうふ》を敷いて横になっていた。

発熱のせいで汗をかき、つらそうだ。

「テオさん。お帰りなさい」

「今から薬を作るから待っていてくれ」

「テオさんの薬ですか。それは期待できますね」

治療の総指揮を執《と》っていた治癒術師もやってくる。

簡単に俺の持っている情報と、治癒術師の情報を交換した。

「私の解毒魔法は効かなかったので……お願いしますね」

「ああ」

俺は魔法の鞄《マジック・バッグ》から、必要な薬草を取り出していく。

最後に温泉近くで採った主材料の他にも何種類か薬草を並べる。

副材料は効果を高めたり胃腸の負担を軽減させたりするのに使う。

「念のために毒赤苺《ポイズンレッドベリー》の現物をもう一度見せてくれ」

「どうぞ」

治癒術師は毒赤苺を持っていたようで、すぐに手渡してくれた。

俺は改めて毒赤苺に鑑定をかけて詳しく調べる。

毒素の構成物質、作用機序などを特に調べた。

それが終わると、採集した薬草に改めて鑑定をかけて詳しく調べる。

一通り頭の中に情報を叩《たた》き込《こ》むと、解毒薬を詳しくかつ精確にイメージする。

そして、イメージが固まると一気に製作スキルを発動させる。

こういうのは、雑念が入らないよう一気に作るのがいいのだ。

そして完成した薬を清潔な器にまとめて入れる。

「できた……。すぐに飲むから瓶《びん》はいらないな」

いつも薬を作った後は瓶に詰めて封をして魔法の鞄に保管する。

使う時まで品質が落ちないように、かつ持ち運びができるようにだ。

「おお、完成しましたか。早速病人のみんなに飲んでもらいましょう」

解毒薬の作成を近くで見守っていた治癒術師は少し興奮気味だ。

俺は落ち着くように治癒術師に言う。

「すぐに飲ませるのはちょっと待ってくれ。一応ちゃんと作れているか調べてからだな」

「ならば、私が最初に飲みましょう。体力がありますから」

そうヴィクトルが申し出てくれた。

万一のことがあった時、つまり薬製作が失敗していた時のことも考えなければならない。

もし失敗していた場合、体力があった方が生き残りやすいのだ。

俺はヴィクトルを含めた病人たちを軽く観察する。

ヴィクトルを含めて病人は体力をかなり失っているようだ。

それでもやはり、病人の中でヴィクトルが一番体力が残っているように見えた。

「じゃあ、最初にヴィクトルに飲んでもらうことにするが……」

俺は自分の作った解毒薬に改めて鑑定スキルをかけて詳細に調べた。

「うん。ちゃんとできているはずだ……」

「テオさんの作ったものですから。信じていますよ」

そう言ってヴィクトルは力なく笑っている。

「恐らく大丈夫なはずだが、念のためにヴィクトル、頼む」

俺は大きな器に入れた解毒薬をコップに移す。

「この解毒薬は結構な量飲む必要があるんだ。つらいかもしれないが、飲み干してくれ」

「はい、任せてください」

「コップ一杯とはいえ、味は苦い。ゆっくりでいい」

「お気遣い感謝します」

そう言うと、ヴィクトルはためらいなく俺の作った薬を飲み干した。

「苦いですね。だからこそ、ゆっくり飲むより一気に飲んだ方が楽かもしれません」

俺たちの様子を見ていた、病人の一人が言う。

「俺にも飲ませてくれ。苦かろうが、何だろうが、ましになるならいくらでも飲む」

「ヴィクトルの症状がよくなるか見てからだな」

「テオさんが作って鑑定してくれたものだろう？　信じているさ」

「そうは言ってもだな……」

だが、ヴィクトルがよくなるか確かめるためには数時間は様子を見る必要がある。

だからといって、数時間もつらいまま病人を放置するのはかわいそうだ。

「ひとまず三十分ぐらい待ってくれ」

「わかった。テオさんがそう言うなら待つさ」

それから俺は横たわるヴィクトルに、魔熊《まくま》モドキを倒したことを報告した。

病人たちも自分の寝床に横たわったまま黙って聞いている。

黙って眠っているのはつらい。気を紛《まぎ》らわせたいのだろう。

「それはすごくいい知らせです」

「魔熊モドキはかなり強かった。詳しい報告は元気になってからだ」

「はい、楽しみです」

シロの弟妹《ていまい》を保護したことも伝えておく。

聞いていた皆がシロの弟妹が無事だったことを喜んでくれた。

そんなことをしている間に、ヴィクトルが薬を飲んで三十分たった。

「ヴィクトル、どうだ？　体調に異常はないか？」

「……だいぶ楽になりましたよ。熱が下がった気がします」

「他は？」

「下痢《げり》と嘔吐《おうと》が治まる気配はありませんが……」

「体内から全部出るまではな。止めない方がいいんだ」

「そうでしたか。ですが、熱が下がっただけで随分と楽になりましたよ」

どうやら、解毒薬の製作は成功していたようだった。

改めて病人たちに解毒薬を飲んでもらう。

それから、見る見るうちに病人全員の熱が下がっていったのだった。

外からは子魔狼とフィオ、シロの鳴き声が聞こえてきた。

あっちも元気にやっているようだ。一安心である。

書き下ろし短編

「子魔狼とお風呂」

Hennaryu to moto yuusha party zatsuyougakari shintairiku de nonbiri slowlife

薬を作るためにテオドールが病舎に向かった後。

子魔狼《こまろう》たちを任されたケリーはまず調べることにした。

「フィオ、シロ。子魔狼を持っていてくれ」

「わかた」「わふ」

「ふむふむ。やはりダニとノミがすごいな。大きな怪我《けが》はない」

ダニとノミがいて、非常に不潔で痩《や》せている。

だが、幸い出血もなかった。

「よし、風呂《ふろ》に行くぞ」

「わかた！」「わふ！」

ケリーは子供たちを引き連れて風呂場に向かう。

フィオの服を脱がせて、洗濯場の上につるしてから虫よけの香を焚《た》いた。

そして、みんなで浴場へと入る。

「フィオ。シロ。湯船に入る前に子魔狼たちを洗うから手伝ってくれ」

「わかた！」「わふ」

「それにしても、子魔狼たちは大人しいな」

「…………」

子魔狼たちは尻尾《しっぽ》を股《また》に挟んで、じっとしている。

「怯《おび》えなくてもよい。痛いことはしないからな」

そう言いながら、ケリーは子魔狼たちを洗い場に並べる。

「まずはこれを使おう。ノミダニ駆除用の石鹸《せっけん》だ」

「くさい！」「わふ！」

先日、フィオとシロにも使った石鹸である。

フィオは嫌そうな顔をする。シロも嫌がっているようだ。

「臭《くさ》くても我慢《がまん》しないといけないんだ。弟妹《ていまい》たちに言い聞かせてくれ」

「わかた」「わふ」

もぞもぞと逃げはじめる子魔狼たちをフィオとシロが押さえてくれた。

「わふわふぅ」「わぅ！」

どうやら、言い聞かせてくれているようだ。

子魔狼たちは大人しくなる。

だが、尻尾は依然として股に挟まったままだ。

「子魔狼たちもすごく賢いな。偉いぞ」

ケリーは風呂場用椅子《いす》に座り、大きな桶《おけ》に子魔狼三頭を入れる。

そして、一頭ずつ耳の後ろ辺《あた》りから優しくお湯をかけていく。

「ノミが耳に逃げると厄介《やっかい》だからな」

「そなんだ」「わふ」

フィオとシロは、ダニノミ対策の洗い方に興味があるようだ。真剣な目で見つめていた。

お湯で濡《ぬ》らしたら、ノミダニ駆除用石鹸で泡立てていく。

「本当に子魔狼たちは大人しいな」

「………」

「ずっと怯えているのか？　よほど怖い目に遭《あ》ったのだな……」

ケリーは、一層手つきを優しくする。

「そうだ。フィオ。シロのことを洗ってやってくれ」

「わかた！」「わぅ？」

「シロも子魔狼たちと触れ合ったからな。ダニが移った可能性が高い」

「シロ！　わふ！」「わ～ぅ」

シロは嫌そうだが、フィオは嬉々《きき》として洗いはじめる。

ケリーのやり方を見て、真似《まね》をして器用に洗う。

シロが嫌がって、身をよじって逃げようとすると、

「わふ！」「わ～ぅ」

フィオが強く言い聞かせて、大人しくさせていた。

フィオがシロを洗い終えたころには、ケリーはすでに子魔狼三頭を洗い終わっていた。

「さて……次はフィオの番だな」

「わふ？」

フィオは固まった。

「シロは子魔狼たちと一緒に湯船に入っていていいぞ」

「わっふぅ！」

「溺《おぼ》れないようにな、気を付けるのだ」

「わっふぅ」

嬉《うれ》しそうにシロは子魔狼を咥《くわ》えて順番に湯船の方へと連れていく。

「本当に気を付けるのだ」

改めてケリーは言う。

そして、ケリーはフィオのことを洗いながら、シロと子魔狼たちのことを観察する。

事故が起こらないようにだ。

「あぅ」

子魔狼たちはお湯に興味津々《しんしん》だ。恐る恐る前足でお湯に触れる。

しばらくぱちゃぱちゃさせたあと、自分たちから湯船の中にちゃぽんと入った。

「あぅ！」「ゎーーぅ」「…………」

子魔狼たちは楽しそうにお湯の中を器用に泳ぐ。

シロも湯船に入って、泳いだり子魔狼たちを舐《な》めたりしていた。

「魔狼は、赤ちゃんの時からお風呂が好きなのだな～」

フィオを洗いながら、ケリーがそう言うと、

「うぅ」

フィオは目をぎゅっとつぶって、鼻をつまんでいる。

「そんなに臭くないとは思うのだが……。フィオは鼻がいいな」

「くさい！」

「少し臭くないとな、ノミもダニも逃げないからな」

「うぅ」

ケリーはフィオの髪を洗って、身体も洗う。

「よし、フィオも湯船に入ってよいぞ」

「わかた、ありあと！」

フィオは嬉しそうにパタパタ駆けていく。

ケリーは自分の身体も素早く洗う。そして湯船に向かった。

「わふわふ！」

「あぅ！」「ゎぅぁぅ！」

「わーぅ」

シロも子魔狼もフィオも、楽しそうに泳いで遊んでいる。

「子魔狼たちもだいぶ元気になったな」

子魔狼たちも今は怯えていなさそうだ。フィオとシロと楽しそうに遊んでいる。

ケリーは急に子魔狼たちとの距離を詰めたりはしない。

あえて少し離れたところで湯船につかった。

そして、子魔狼とフィオたちの様子をうかがう。

しばらくそうしていると、

「ぁーぅ！」

子魔狼の一頭がケリーのところに寄ってきてくれた。

その尻尾はもう股の間にはない。かわいくピコピコと揺れている。

「お、来てくれたのか？　お前は可愛《かわい》いなぁ」

「ぁう！」

子魔狼はケリーのひざの上に乗り、ケリーの乳房に両前足を乗せてぁぅぁぅ鳴いている。

だからケリーは優しく撫《な》でた。

熟練の手技で、子魔狼を気持ちよくさせていく。

「どうだ。痛いところはないか？」

「ぁぅぅ」

気持ちがよさそうにうっとりしている。

ケリーは撫でながらも、さらによく見る。

毛皮の合間で動かなくなっているノミやダニを駆除していく。

どうしても、駆除石鹸だけでは、漏《も》れが発生してしまうのだ。

ケリーは子魔狼のダニを駆除しながらフィロとシロの方を見る。

フィロとシロもそれぞれ一頭の子魔狼を毛繕《けづくろ》いしながらダニを駆除してあげているようだった。

ケリーはダニを駆除しつつ、子魔狼の身体の様子も入念に調べていく。

「ふーむ、やはり痩せているな」

「わぅ？」

「風呂を出たらご飯にしような」

「ぁぅ！」

「それにしても本当に毛並みが美しいな」

子魔狼たちはシロと同じくらい美しい毛並みだ。

子魔狼たちの毛色は白っぽい銀色だったり、少し色の濃い銀色だったり、それぞれ個性的だ。

「怪我は……、やはり打撲《だぼく》が目立つな。フィオ、シロ。そちらの子魔狼はどうだ？」

「けが？」「わふ？」

「そう、怪我の具合はどうだ？」

フィオとシロは子魔狼をケリーのところに連れてきた。

フィオに抱かれて、シロに咥えられた子魔狼は尻尾をパタパタ振っていた。

綺麗《きれい》になって、お湯につかったことで、子魔狼たちもリラックスしたのだろう。

「けが。ど？」「わう」

「どれどれ」

汚れも落ちて、綺麗になった子魔狼たちを、ケリーは順に診察する。

「打撲が中心だな。少し腫《は》れているのは皮膚炎か。切り傷もあるが、出血は止まっている」

「……わふぅ」

フィオが心配そうにするので、ケリーはフィオの頭を撫でる。

「大丈夫。重い怪我ではない。すぐ治る」

「わふ」

それからしばらく湯船で楽しく遊んだあと、皆で風呂を出る。

「身体を拭いたあと、駆虫薬を塗ればノミダニ対策は終わりだ」

「わぅ？」「ぁぅ」

「首の後ろ辺りにつけるだけだからな。痛くないから安心しなさい」

「くさい？」

「……うーん。そんなに臭くはないかな」

ケリーがそう言うと、フィオは安心したようだった。

だが、実際にケリーが皆の首の後ろに塗っていくと、

「くさい！」

「わふううう」

フィオとシロが鳴く。嗅覚《きゅうかく》の鋭いフィオたちには臭かったらしい。

「あぅあぅ！」「ゎ〜ぅ」「ぴぃー」

逆に先に薬を塗られていた子魔狼たちがフィオとシロをなだめるように鳴いた。

「……わふ」「わぅ」

弟妹になだめられて、フィオとシロは、少し恥《は》ずかしそうにしていたのだった。

あとがき

はじめましての方ははじめまして。
他の作品から読んでくださっている方、いつもありがとうございます。
作者のえぞぎんぎつねです。
おかげさまで出版することができました。
全ては読者の皆様のおかげです。ありがとうございます。

この作品の発売日と同日に「ここは俺に任せて先に行けと言ってから10年がたったら伝説になっていた。」の六巻が発売となっています。

そちらもどうかよろしくお願いいたします。
とても盛り上がる内容になっていると、著者としては思っています！

実はこの後書きは「ここは俺に任せて先に行けと言ってから10年がたったら伝説になっていた。」六巻の後書きを書いた直後に書いています。

おかげで書くことがないのです。

だから、似たようなことを書きます。
両方読んで、どの辺りが似ているのか検証して頂けたらと思います。

さてさて、その同日発売の「ここは俺に任せて先に行けと言ってから10年がたったら伝説になっていた。」ですが、先月、令和二年十二月にコミックス版の五巻が発売となりました。
そちらも大変面白《おもしろ》い内容です。

作画担当の阿倍野《あべの》ちゃこ先生と、ネーム担当の天王寺《てんのうじ》きつね先生のご尽力《じんりょく》で、素晴《すば》らしい出来になっております。
まだ読まれていない方は是非《ぜひ》ご覧《らん》ください。後悔はしないと思います!

そして、先月GA文庫から「神殺しの魔王、最弱種族に転生し史上最強になる」の一巻が発売となりました。
最強の魔王が、悪辣な神を殺し切るために、神の加護のない最弱、劣等《れっとう》と呼ばれる人族に転生するお話です。

劣等と呼ばれるのは成長がおそいだけで、経験値を持ち越した魔王は最初からあり得ないぐらい強いのです。

主人公が無双《むそう》するお話が読みたい方にはとてもおすすめです！


最後になりましたが謝辞《しゃじ》を。


イラストレーターの三登《みと》いつき先生。とても素晴らしいイラストをありがとうございます。

変な竜ことヒッポリアスを、ものすごく可愛《かわい》く描いてくださって、とてもうれしいです。

カバっぽい竜という無茶なオーダーに完璧を超えて応《こた》えてくださってありがとうございます。

担当編集さまをはじめ編集部の皆様、営業部等の皆様、ありがとうございます。

本を販売してくれている書店の皆様もありがとうございます。

小説仲間の皆様、同期の方々。ありがとうございます。

そして、何より読者の皆様。ありがとうございます。

令和二年師走　　えぞぎんぎつね

GAノベル

変な竜と元勇者パーティー雑用係、新大陸でのんびりスローライフ

2021年1月31日　初版第一刷発行

著者　えぞぎんぎつね

発行人　小川 淳

発行所　SBクリエイティブ株式会社
〒106-0032　東京都港区六本木2-4-5
03-5549-1201　03-5549-1167（編集

装丁　AFTERGLOW

印刷・製本　中央精版印刷株式会社

ISBN978-4-8156-0805-7
Printed in Japan

ファンレター、作品のご感想をお待ちしております。

〒106-0032　東京都港区六本木 2-4-5
SBクリエイティブ株式会社
GA文庫編集部 気付

「えぞぎんぎつね先生」係
「三登いつき先生」係

本書に関するご意見・ご感想は
下のQRコードよりお寄せください。
※アクセスの際に発生する通信費等はご負担ください。

https://ga.sbcr.jp/